Ricardo Lísias

A vista particular

ALFAGUARA

Copyright © 2016 by Ricardo Lísias

Grafia atualizada segundo o Acordo Ortográfico da Língua Portuguesa de 1990, que entrou em vigor no Brasil em 2009.

Capa
Claudia Espínola de Carvalho

Ilustração de capa
Celso Koyama

Preparação
Eduardo Rosal

Revisão
Clare Diament
Jane Pessoa

Dados Internacionais de Catalogação na Publicação (CIP)
(Câmara Brasileira do Livro, SP, Brasil)

Lísias, Ricardo
    A vista particular / Ricardo Lísias. — 1ª ed. — Rio de Janeiro : Alfaguara, 2016.

    ISBN 978-85-5652-027-2

    1. Ficção brasileira. I. Título.

16-07140   CDD-869.3

Índice para catálogo sistemático:
1. Ficção : Literatura brasileira   869.3

[2016]
Todos os direitos desta edição reservados à
EDITORA SCHWARCZ S.A.
Praça Floriano, 19 — Sala 3001
20031-050 — Rio de Janeiro — RJ
Telefone: (21) 3993-7510
www.objetiva.com.br

A vista particular

1

Em que conhecemos o artista plástico José de Arariboia e sua obra. Aparecem duas personagens coadjuvantes: a marchand Donatella e o traficante Biribó. Ficamos sabendo que Arariboia está mais distraído que o normal. Um incidente é anunciado, mas ocorrerá apenas no segundo capítulo, o que demonstra a ansiedade do narrador. Cai o dia na cidade maravilhosa.

I

José de Arariboia caminha devagar e, olhando para os dois lados antes de atravessar a rua, resolve esperar na esquina. Duas ou três vezes o sinal alterna entre o vermelho e o verde. Ele prefere observar os letreiros do comércio e continua parado. Há muitos anos José de Arariboia anda pelo bairro. Ele sempre viveu no Rio de Janeiro, em Copacabana, mas todo dia encontra um detalhe novo na arquitetura da região, um traço ingênuo em uma propaganda, alguma coisa que revela uma possibilidade nunca realizada. Talvez seja essa a principal característica da cidade maravilhosa: uma beleza incompleta. Uma cor que a gente nunca notou.

Se for para definir José de Arariboia, ele é esse sujeito atento aos detalhes, calmo e preso à vida urbana. Um artista essencialmente ligado à questão das cidades grandes, escreveu um crítico em certa ocasião. Ele não ficou esfuziante com a resenha. A empolgação além da conta, daquelas que dá para perceber a satisfação do cara, não é uma reação típica dele. Sem insinuar aqui nenhum interesse além da boa educação, José de Arariboia agradeceu em um rápido e-mail, dizendo que concordava com as palavras que tinha acabado de ler. Vamos tentar tomar um café um dia desses.

II

Com trinta e cinco anos completados há um mês, José de Arariboia já desenvolveu uma obra singular, com marcas próprias e consciente de suas intenções e limites. Outro crítico afirmou que ele é um artista de traços suaves, linhas calmas e cores delicadas, ainda que dispostas com muita personalidade no suporte, o que causa um choque com a temática recorrente, a cidade grande. Em outro e-mail rápido e educado, Arariboia agradeceu a generosidade da leitura. Obrigado.

Para a idade, ele já reuniu uma boa quantidade de avaliações e juízos críticos, embora ainda não tenha merecido nenhum estudo mais longo. Sua galerista, na reunião que tinham feito nessa mesma tarde, explicou que lhe falta um catálogo individual. A partir dele (e sobretudo da introdução que está para ser encomendada), sua obra vai alcançar um novo patamar. As notícias não param por aí, Donatella continuou, oferecendo-lhe outra xícara de chá. O Santander já confirmou o patrocínio do catálogo, em troca de apenas dois quadros. Sempre contido, Arariboia agradeceu, confirmou que organizaria os detalhes nos próximos dias e recusou mais chá. Está anoitecendo e ele pretende voltar caminhando. É bom para espairecer, Donatella concordou, levando-o à porta.

III

Quem vê aquele homem andando não desconfia que ele acabou de ouvir tanta notícia boa. Não dá para perceber pela expressão fechada do rosto ou pelos passos distraídos que praticamente todos os sonhos de José de Arariboia estão para se realizar. Sua primeira exposição individual vai ser montada no Museu de Arte do Rio, o MAR, estrategicamente no mesmo período em que Georges Didi-Huberman deve dar uma série de conferências no auditório do prédio. A ideia é conseguir uma introdução do próprio Didi-Huberman para o catálogo. Donatella não vê motivos para o célebre intelectual francês recusar. Dali para o Centro Pompidou não faltará muito.

Na esquina da Sá Ferreira com a Nossa Senhora de Copacabana, região da cidade que emociona José de Arariboia a ponto de aparecer em muitas de suas telas, o artista não chama a atenção de ninguém. Só o corretor, na frente de uma imobiliária, o nota parado no farol sem atravessar a rua. O verde e o vermelho já se alternaram três ou quatro vezes. Cinco, no momento em que um porteiro decide perguntar se está tudo bem. Arariboia responde com um aceno tímido (ele nunca sorri por causa das manchas pretas nos dentes da frente), dá meia-volta e resolve entrar pela Sá Ferreira.

IV

O corretor demorou um pouco para encontrar na memória o dono daquele rosto: é o José de Arariboia, o menino que gosta de pintar e sempre anda meio distraído pelo bairro. O dono da tinturaria ao lado faz um gesto com o pescoço enquanto fecha a loja e, desinteressado, comenta que o conhece. Não é o filho do banqueiro? Ele mesmo, com a cara fechada de sempre.

Há praticamente cinquenta anos na região, os dois gostam de tomar uma cerveja antes de voltar para casa. Orgulhosos da própria memória, discutem pequenos acontecimentos da história da rua, relembram os moradores ilustres e os pitorescos e às vezes narram em tom dramático algum incidente mais desagradável, sobretudo quando aparece alguém para acompanhar a bebida. A tal violência do Rio de Janeiro nunca está na boca dos dois. Eles fazem questão de mostrar que são de outra geração. A praia também não faz parte daquelas histórias. O que lhes interessa é a fauna urbana carioca.

Quem conhece José de Arariboia sabe que ele mora no caminho contrário ao que tomou na noite de hoje. Até aqui ninguém o notou caminhando em direção ao morro Pavão-Pavãozinho. A essa hora, o movimento no acesso à favela é muito grande.

V

Ele está um pouco mais distraído que o normal, o corretor vai concluir, depois de ver o trecho do vídeo no YouTube que reproduzirá uma parte do caminho de Arariboia entre a Sá Ferreira e o momento em que ele se perde no Pavão-Pavãozinho. Ainda vai demorar alguns dias. O primeiro vídeo, porém, todo mundo assistirá naquela noite ainda. Menos o próprio protagonista, que só vai saber o que está acontecendo no dia seguinte.

A narrativa está mais rápida que a caminhada do José de Arariboia. Calmo, ele parece observar cada detalhe do comércio cercando a entrada da favela, o rosto das pessoas e a fachada suja do prédio onde parou. A câmera de segurança do condomínio está registrando com nitidez o rosto dele, o que é ótimo para o YouTube. Todo mundo vai concordar, depois de assistir ao vídeo, que ele não parece alterado. Um pouco mais distraído que o normal, com certeza. O Zé sempre foi meio avoado, um primo comentará em uma reunião de família, depois de assistir ao vídeo, já sabendo que o tio não perderá a oportunidade de dizer que artista é tudo assim.

Aqui me distanciei de novo do meu protagonista: ele não está ansioso de forma alguma.

VI

A paisagem que José de Arariboia distraidamente olha nunca esteve em seus quadros. Na série de telas que expôs até hoje não há um carro sequer. Pessoas, muitas, mas elas estão sempre diminuídas diante da natureza, que disputa espaço de igual para igual com a cidade grande. É o que um crítico, já citado aqui, afirmou. Como o texto é claro e ele autorizou a reprodução, copio literalmente:
"

."*

Parece, enfim, que para um artista com a proposta de José de Arariboia a natureza e a cidade são maiores que as pessoas. A favela aparece em vários quadros, sem dúvida. Do contrário ele não poderia ter sido chamado de artista essencialmente carioca. Esse, porém, não é um ponto pacífico em sua recepção, já que para alguns críticos dizer que um artista é brasileiro não passa de comodismo. Como então afirmar que o Rio de Janeiro é a essência da obra de José de Arariboia? É preciso deixar claro que a polêmica apenas se ensaiou aqui e ali, já que Arariboia ainda está construindo uma obra e não tem cacife para suportar um debate mais amplo. Por enquanto.

---

* Cf.:

VII

O leitor talvez esteja confuso, pois até aqui descrevi a crítica que se formou em torno das telas de José de Arariboia, mas ainda não apresentei o próprio trabalho. Pois bem: são trinta quadros, de dimensões variáveis, em que o ambiente urbano se mistura à natureza sem deixar as fronteiras entre esses dois elementos muito claras. O mar e a favela, por exemplo, amalgamam-se em um conjunto de quatro telas de tons azulados muito intensos, todas em acrílico. Uma delas está reproduzida na próxima página.

Não resta dúvida de que, em todos os quadros, a cidade é o Rio de Janeiro: o mar e a praia de Copacabana já vieram à lembrança do leitor, bem como as favelas e o Cristo de braços abertos que, afinal de contas, não pode faltar. Curiosamente, o Pão de Açúcar aparece apenas duas vezes. Quem sabe o rótulo de "pintor carioca" tenha recaído em José de Arariboia pelo fato de a prefeitura da cidade ter comprado seis de seus quadros. Se não foi isso, é a fama de carioca da gema que seu pai tem desde ainda antes de assumir a direção no Brasil de um dos principais bancos do mundo. A tela a seguir é um exemplo do uso que Arariboia faz não apenas da perspectiva, mas de todo o jogo de dimensões. As pessoas estão ali, mas o leitor vai demorar algum tempo para identificá-las.

VIII

Cidade brava: mar Brasil
Acrílico sobre tela
2014
(*coleção particular*)

IX

A tela reproduzida na página anterior, *Cidade brava: mar Brasil*, resume a concepção estética de José de Arariboia. As ondas que tornam as águas volumosas têm o mesmo formato (embora espessuras um pouco distintas) das figuras humanas que, com dificuldade, podem ser encontradas na região onde a cidade, saindo a duras penas do mar, se ergue. Dizendo de maneira direta: tudo colabora para que o ser humano fique em último lugar.

Há um jogo entre a tela e o título. Ele ocorre em toda a obra de José de Arariboia, muito elogiada também pela persistência do projeto. Segundo Rodrigo Naves, "estamos diante de um artista paciente, que conhece seus recursos e pretende dispô-los sem precipitação".* Como ele faz parte de uma geração conhecida pela velocidade e constante busca por resultados rápidos, aqui está outro dos choques tão comentados em seu trabalho.

A própria temática revolta e nervosa em contraste com os tons suaves e a delicadeza da pincelada completa o ambiente de tensão que torna José de Arariboia um artista notável entre os vários que surgiram no Brasil nos últimos anos. Tudo isso justifica o ainda pequeno mas já eloquente conjunto de textos sobre ele, o valor de seus quadros e o prestígio do museu que deve abrigar sua primeira exposição individual: o MAR.

---

* Cf.: NAVES, Rodrigo. "Um artista a caminho da maturidade". Em Ilustríssima, *Folha de S.Paulo*, 25 out. 2015.

X

Não saberemos (simplesmente porque José de Arariboia nunca vai dizer) se é tudo isso que o está deixando tão distraído. Agora que o dia de fato caiu, ele caminha mais alguns metros e chega a um dos acessos ao morro Pavão-Pavãozinho. De onde está parado, enxerga alguns barracos, às vezes vira o corpo em direção à rua, conta três ou quatro janelas nos prédios do outro lado e alguém lhe dá um encontrão querendo voltar para casa logo e esse cara aí parado, sem ter o que fazer. Como tem desocupado hoje em dia. Exato.

A dois passos de Arariboia, o garoto que serve de olheiro para o tráfico já deu o alarme. Não deve ser nada, Biribó achou lá de cima. Essa hora o movimento é muito grande. Os colégios acabaram de soltar a meninada. Só vai sossegar de manhã.

Mais um metro e Arariboia sai do alcance da última câmera, colocada na porta de um bar para o dono se sentir um pouco mais tranquilo. Biribó montou o circuito de segurança porque acha que tem que usar isso de tecnologia. Vocês não veem isso de celular?, repete sem parar. Dali em diante, ninguém jamais vai descobrir o que aconteceu nos quarenta minutos em que José de Arariboia, um artista plástico que apesar da idade já alcançara uma boa projeção crítica e com certeza um futuro promissor, ficou no morro Pavão-Pavãozinho. Ainda não colocaram câmeras dentro dos barracos.

2

Em que Arariboia afirma não ser um cadáver e se recusa a cobrir o corpo nu. Forma-se um cortejo para assistir ao seu tão particular gingado. Um conjunto de vídeos registra a cena. É uma noite especial para a cidade do Rio de Janeiro. Não faltarão, é claro, a areia branca e a água azul do mar.

I

E ali, completamente pelado, vem descendo o José de Arariboia.

A câmera que captou esse primeiro movimento não para de tremer, e dá para ouvir duas ou três pessoas muito próximas rindo sem parar. Na calçada um outro grupo grita alguma coisa e, como resposta, recebe um aceno do artista. Ele ajeita o cabelo e caminha com mais ligeireza do que quando subiu o morro. Não é bem isso o que a gente percebe ao voltar um pouco o vídeo: muito à vontade, ele está gingando na rampa de acesso ao Pavão-Pavãozinho. É uma dança. De vez em quando, o artista abre os braços e repete o gesto que toda criança conhece. Sou um avião e agora voo. Ele sai do chão aos pulos, dá duas ou três voltas como se estivesse desfilando e recusa o lençol que uma senhora lhe oferece. Alguém grita para ela sair dali, caralho. Não sou um cadáver, um especialista em leitura labial dirá que foi a resposta de Arariboia à generosidade dela.

O nosso herói está agora a poucos metros da rua Sá Ferreira, que continua movimentada. Na calçada um grupo o espera. Outra câmera pega o movimento de uma moça imitando-o. Alguém grita para ela tirar a roupa também e recebe, com um sorriso para a câmera, um gesto obsceno e grandiloquente. Arariboia parece não notar nada disso.

II

Não há qualquer conotação sexual nos movimentos do nosso artista. Ele não faz gestos insinuantes e muito menos procura ressaltar certas partes do corpo. Se alguns dos vídeos se focam mais na região abaixo de suas costas, por exemplo, isso acontece porque o autor da filmagem fez questão de manter sua atenção ali. É uma pena, pois os braços dele gingam de uma forma admirável. Sem falar no rodopio dos cabelos.

Assim que chegou à rua, Arariboia fez alguns movimentos circulares, esticando um pouco mais as pernas. Não dá para dizer que ele continua distraído. Pela risada que a gente ouve aos cinquenta e dois segundos do vídeo que Biribó subiu, está animadíssimo. Isso de tecnologia é importante para nós agora, o traficante repete na manhã seguinte, ao ver o número de acessos.

Arariboia ginga, cobre os dentes pretos com a mão direita e avança. Um grupo menor vai perto dele, tentando repetir os movimentos. Às vezes, depois de um jogo de braço torto, grita um sonoro ôôôôôôô e o artista vira, sem perder tempo com os seguidores ineptos. Atrás desse grupo menor, outro mais numeroso caminha gritando, empunhando celulares, dando pulos ou apenas urrando. Todo mundo dança. Alguns já tuítam a notícia.

III

Na esquina da Francisco Sá com a Nossa Senhora de Copacabana, o grupo é bem numeroso. A maioria dos seguidores de Arariboia é jovem, embora aqui e ali a gente encontre um adulto bem alegre, saltitando como se tivesse vinte anos de novo. Os idosos ficam parados na calçada mesmo. É animador vê-los erguendo os braços enquanto aplaudem a coreografia do nosso herói. Quem não tem os cabelos longos faz o que pode com o pescoço mesmo.

No cortejo, a democracia impera: menina bem-arrumada caminha ao lado de malandro sem camiseta. Alguns policiais filmam a cena, tentando não se misturar à multidão. Há vários moradores do morro, evidentemente, mas eles se divertem com os riquinhos saindo das academias. As gargalhadas também vão juntas. Todo mundo aponta o telefone celular para o José de Arariboia. O gingado e os rodopios são cada vez mais velozes. Ele não perde o ritmo e muito menos o equilíbrio.

No bar, o corretor e o dono da tinturaria acham que se trata de um arrastão. Onde isso vai parar, meu Deus? Enquanto se apressam para entrar, Arariboia abre os braços, ginga três vezes na esquina, e o corretor fica de queixo caído ao reconhecê-lo.

IV

Talvez pela intuição de estar participando de um momento histórico, ou só pela farra mesmo, os dois amigos se juntam ao cortejo. Eles aparecem, em close, aos 2:28 minutos do vídeo do Biribó. Não dá para dizer que são os mais animados da turma, mas o corretor está se soltando. Todo mundo com as mãos no cabelo! Um grupo de taxistas trancou os carros e resolveu acompanhar a festa. Agora, todos erguem os braços, imitando a tradicional ola que as torcidas fazem nos campos de futebol. Ôôôôôôôô.

Arariboia segue na frente, gingando como se estivesse prestes a ser levado pelo vento. No Rio de Janeiro bate apenas uma brisa leve. Ele criou esse ar que o empurra, muita gente que assistirá aos vídeos vai pensar. De vez em quando dobra o pescoço e, com os olhos fechados e a mão direita cobrindo os dentes pretos, volta-se para o céu escuro. Que a noite carioca, tão serena e acolhedora, nos abençoe a todos!

Nosso artista continua andando. Os clientes de um bar no seu caminho o aplaudem, homenagem que ele retribui com um movimento dos cabelos. Daqui a alguns instantes ele chegará à avenida Atlântica. Antecipando o problema, três rapazes se adiantam e param o trânsito. José de Arariboia vai passar.

V

No Rio de Janeiro, alguns dos melhores hotéis enfileiram-se ao longo da avenida Atlântica. Muitos hóspedes estão nas janelas agora que o nosso herói atravessa a rua. Os carros mais atrás no congestionamento manobram, tentando fugir do arrastão. Os motoristas à frente buzinam quando José de Arariboia requebra no meio da faixa de pedestres.

A essa altura, o cortejo que o segue é bastante numeroso e animado. Nem sequer cabe no enquadramento dos celulares que estão filmando tudo. O nosso herói dá duas voltas no próprio eixo (como se fosse um planeta) e finalmente pisa a areia branca da praia de Copacabana. Não temos uma imagem registrando o rosto dele nesse momento. Seu corpo se permite uns poucos instantes de paralisia, mas de forma alguma por um lapso de consciência. Deve ter sido uma dessas sensações mágicas a que só um artista tem acesso.

Depois, José de Arariboia mexe pela milésima vez no cabelo e entorta o corpo para trás, o que faz o cortejo perder o equilíbrio. Algumas pessoas acabam caindo na rua, mas logo são amparadas e se erguem. É importante dizer que em momento algum houve uma situação de violência. Ninguém foi assaltado.

VI

Vale a pena congelar o vídeo do Biribó à altura do 6:42. É justamente o momento em que José de Arariboia coloca o pé direito na areia branca de Copacabana. Um pouco atrás, oito jovens tentam repetir seus movimentos. Repare como se perdem, pois ainda estão na calçada e não podem, portanto, forçar uma das pernas mais que a outra na praia. O artista virou o pescoço para cima, em uma perfeita sincronia muscular. Os oito tentam do mesmo jeito olhar a noite estrelada carioca. Não acham o ponto de equilíbrio.

Atrás deles vem uma multidão. Algumas pessoas também estão tentando reproduzir os movimentos de Arariboia, sem se preocupar demais. Esqueçam os cabelos! Outras dão risada, gritam ou olham ao redor. Um senhor no canto direito (de quem observa a tela) abre a palma das mãos para ver se está chovendo. É um dos mais velhos do cortejo.

É uma pena que quando a gente congela o vídeo o som desapareça. Se alguém conseguisse fazer ecoar por mais tempo o barulho que a multidão está produzindo, perceberia a heterogeneidade do momento: buzinas misturam-se a gritos, as pessoas cantam melodias diferentes, várias fazem ôôôôôôôô, e dá para escutar algumas palmas. Ao fundo e bem baixinho ainda, os ouvidos mais atentos notam a sirene de uma viatura da polícia.

VII

*Frame do vídeo postado pelo traficante Biribó no YouTube.
A imagem corresponde aos 6:42 minutos do filme.*

VIII

O cortejo se espalhou ao longo da calçada. Os mais empolgados, claro, entram na areia branca e fazem um círculo ao redor de José de Arariboia. Ele continua movimentando o corpo e mexendo nos cabelos, agora em um ritmo mais pausado. De vez em quando, para a dança e olha o céu. O oceano se abre por trás do ritual, como se fosse uma fonte acolhedora de prazer e felicidade. Copacabana, a princesinha do mar.

Três ou quatro pessoas que formam o círculo parecem de fato aguardar o abraço do mar do Rio de Janeiro. Se pudessem dizer, com certeza se considerariam parte daquela natureza exuberante e maternal. Escolhi essa última palavra com muito cuidado: os participantes mais próximos de José de Arariboia estão se sentindo tão protegidos que, como ele fez ainda no morro Pavão-Pavãozinho, começam também a tirar a roupa. Uma moça oferece a própria saia ao mar. Iemanjá, aqui está...

O pessoal da calçada vai ao delírio: a imagem, em poucos instantes, foi retuitada milhares de vezes. O círculo, então, cresce um pouco mais. No centro, Arariboia aumenta o ritmo. Agora, nosso herói se vira para o mar. As pessoas que estavam entre ele e a água azul abrem espaço e uma meia-lua se forma. Arariboia ergue as mãos e corre.

IX

Pelo movimento que ensaiou fazer, a impressão inicial era a de que José de Arariboia iria entrar na água azul do mar de Copacabana. Ele apenas molhou as canelas, virando-se bruscamente em direção à avenida, erguendo outra vez os braços. O grupo que o cerca não consegue diminuir a velocidade e grande parte cai na areia. Alguns desistem de imitar o mestre e ficam deitados por dois ou três segundos, tempo suficiente para que a viatura da polícia seja, por fim, ouvida.

Como se estivessem acostumados, muitos desaparecem. Dá para ver, por exemplo, que a parte final do vídeo que o Biribó subiu no YouTube foi realizada por outro celular. Na janela dos hotéis, os hóspedes vaiam a interrupção do ritual. Logo, veem que o nosso artista não se abalou e, sem cerimônia, voltou aos gingados tão singulares que estava fazendo antes de molhar os pés.

Algumas garotas que continuam na calçada gritam para a polícia não o machucar. Com tantos celulares filmando a cena, isso evidentemente não vai acontecer. Alguém estende uma toalha para um dos guardas, que cobre o corpo de Arariboia. Com toda a calma, os dois andam até a viatura. Muito aplaudido, o nosso artista esconde os dentes pretos com a mão direita.

X

Os primeiros vídeos que apareceram se encerram com a viatura deixando a confusão para trás. Durante todo o romance, José de Arariboia não irá dizer o que aconteceu na delegacia e, muito menos, algumas horas antes, no morro Pavão-Pavãozinho. Quanto à polícia, tudo o que sei é que, na manhã seguinte, nosso herói foi deixado na frente do prédio onde mora vestindo uma farda. O rosto dele não tem o encanto dos vídeos, mas ainda assim está tranquilo. Ele sai do carro, acena para o porteiro, que parece muito espantado ao vê-lo naquela roupa, e sobe o elevador. A câmera de segurança mostra que ele foi até o apartamento quase sem se mover. A porta fechou com muita delicadeza.

No momento em que José de Arariboia entra em casa já há mais de meio milhão de acessos aos vídeos que aparecem no YouTube registrando seu trajeto do morro à praia. Quando os descobrir já vai ter batido um recorde. Agora, dentro do apartamento, tira a farda e se deita, ignorando o telefone.

A narrativa aqui fará um corte para descrever duas personagens secundárias: o traficante Biribó e a marchand Marina dalla Donatella. O leitor pode alimentar sua curiosidade assistindo aos vídeos no YouTube.

3

Em que não haverá o resumo do capítulo que segue, pois o narrador extrapolou no final do anterior e já fez isso. Depois da noite agitada, José de Arariboia dorme.

I

O pai da Marina, Lucciano dalla Donatella, mudou-se para o Brasil nos anos seguintes ao fim da Segunda Guerra Mundial, quando a vida para pessoas como ele começou a ficar difícil na Itália. Com razão, achou que poderia perder o acervo de obras de arte que juntara com tanto esforço durante o conflito. Sem nenhum parente ou amigo mais próximo no Brasil, optou pela exuberância e malemolência cariocas depois que uma rede de contatos, estabelecida ainda nos últimos anos da guerra, o aconselhou há uma forma de desembarcar no porto do Rio de Janeiro sem que as bagagens sejam abertas.

Ele não trazia nenhum grande quadro. No entanto, o primeiro catálogo de sua galeria estava recheado de obras secundárias de grandes artistas. Não lhe faltava um nome sequer do impressionismo, por exemplo. Além de algumas telas, trouxe para o Brasil rascunhos e documentos como cartas e papéis pessoais de muitos artistas, o que valorizava o portfólio. Um fazendeiro compra um trabalho menos importante de Manet, mas não reclama do preço pois leva junto uma carta de Degas. Os proprietários podem ficar tranquilos: Lucciano não fez um inventário desse material, o que agora impossibilita a localização de grande parte dele.

II

Durante os anos 1950, Lucciano conseguia com facilidade trazer obras da Europa, sobretudo através da rede que o ajudou a vir ao Brasil. Além dos italianos, muitos alemães usavam a galeria para vender quadros e esculturas, obtidos em oportunidades únicas, e assim arrumar dinheiro para a nova vida fora do seu país. Aos poucos, nosso galerista foi ficando conhecido no Brasil. Assis Chateaubriand, inclusive, abriu um espaço para ele, muito popular à época, em um dos primeiros canais de televisão do Brasil, a saudosa TV Tupi.

Lucciano se aproximou de Chatô e Ciccillo Matarazzo um pouco depois da chegada ao Brasil, no início dos anos 1950, por ocasião dos preparativos para as primeiras bienais. Os dois sabiam muito bem de sua ligação com certos políticos durante a Guerra, mas não tinham muito clara a profundidade dos laços que de fato o uniam aos principais acusados de crimes contra a humanidade. O Brasil ficou longe do alvo dos investigadores, e, por algum mistério, essa rede específica, que herdou a maior parte do dinheiro, nunca foi muito bem esmiuçada. Como Lucciano controlava o comércio de obras clássicas sem alarde, o mais confortável era realmente acreditar nos boatos de que ele jamais participara de qualquer tipo de atrocidade.

III

Além disso, o perfil discreto do galerista combinava muito bem com a vaidade dos outros dois, que viviam brigando. O acordo era claro: através da rede, Lucciano garantia a vinda das grandes obras e deixava o mérito todo para Chatô e Matarazzo. Em troca recebia não apenas favorecimento em certas negociações como também a possibilidade de representar alguns artistas brasileiros que a Bienal acabaria valorizando muito. Sem falar que, do lado dos fornecedores, suas possibilidades de ganho ficavam ainda maiores. Foi desse jeito que a galeria de Lucciano dalla Donatella acabou, durante os anos 1950 e início dos 60, se tornando a mais importante do Brasil.

Nessa época, Lucciano era o principal meio para que colecionadores europeus fizessem negócios no Brasil. Franceses e ingleses mais apaixonados por arte do que por geopolítica também o procuravam. Aliás, mesmo com a fama dos Matarazzo, se não fosse a galeria dele dificilmente a nova sede do MASP teria sido inaugurada em 1968 com todo aquele número de clássicos. A ligação do acervo do museu com a rede de nazistas e fascistas que passou a viver da arte saqueada durante a Segunda Guerra não é nenhum segredo.* A presença de Lucciano, porém, foi apagada da história do museu.

---

* Cf.: FIORATTI, Gustavo. "Ligações perigosas". *Select*, nº 27, dez. 2015.

IV

Não há no fragmento anterior nenhuma insinuação de que ele tenha sido ofuscado pelos seus parceiros. Foi o próprio Lucciano que, com receio de que gente muito desocupada ou invejosa investigasse sua ligação com o fascismo, jamais quis sair da sombra. Quem observar as fotos da inauguração do MASP vai achá-lo sempre em algum canto, quase se escondendo, ainda que tenha circulado por aí a imagem de Elizabeth II abraçando uma menininha: é justamente Marina. Lucciano tentou a todo custo evitar que a filha se aproximasse da comitiva inglesa, mas a rainha se encantou com a menininha carioca de olhos atentos e, quebrando o protocolo, aproximou-se e perguntou se ela gostava de arte. Marina já compreendia alguma coisa do inglês e respondeu bastante segura, o que fez com que todos rissem e a rainha lhe concedesse uma foto. O pai ficou com tanto medo de aparecer que, nesse momento, pediu para um amigo cuidar da garota e fugiu para o banheiro.

Quando a rede começou a se desmantelar, Marina já era grande o suficiente para assumir a galeria e, mais ainda, mudar a rota do negócio e começar a privilegiar artistas brasileiros vivos. Ao se aposentar, Lucciano quase não tinha mais contato com os antigos fornecedores. O Brasil já recebera clássicos demais...

V

Lucciano e a filha desenvolveram um método interessante para ajudar os novos artistas: o cara ainda não tinha um conjunto de telas para fazer um bom portfólio, mas estava precisando de dinheiro. A galeria adquiria então cartas, rascunhos de textos para revistas especializadas, fotografias e qualquer outro objeto que tivesse ligação com o artista, pagando um valor bastante elevado para aquele tipo de coisa. Com isso, já dava para apresentar o trabalho para possíveis compradores, que também ficavam mais à vontade para apostar nesse ou naquele talento. Os colecionadores então comissionavam uma obra futura, chegando inclusive a fazer encomendas, pedir detalhes específicos, e, no caso de terem acesso a esboços, solicitavam alterações e mudanças. Dessa forma, era possível criar um ambiente de convivência: muitos artistas viajavam para conhecer a casa onde seu trabalho ficaria exposto.

O método funcionou. Os artistas ficavam tão felizes com as primeiras vendas que nem sequer insistiam em receber alguma coisa. A galeria mostrava dois ou três recibos e relembrava o valor pago pelos esboços e fotografias que, meses ou poucos anos depois, tinham resultado na obra vendida. Agora, estamos quites e você fez sucesso!

VI

É preciso revelar também que Luccciano dalla Donatella casou-se com sua primeira funcionária. Misto de faxineira e auxiliar de escritório, poucos se lembram de Durvalina: calada, entrava com o café, puxava Marina quando ela não tinha idade para acompanhar as conversas e deixava, com isso, que todos comentassem que a cor exótica da menina tinha vindo da mãe.

Aos poucos, Durva se afastou da galeria, cuidando apenas do apartamento em que a família vivia. Com alguma inteligência prática, aprendera o que falar quando a ligação era em italiano ou alemão. A filha achava graça no sotaque da mãe, é verdade, mas aos poucos as duas foram se afastando. Durva não conseguia conversar direito com aquela moça ágil, mais alta que ela e atenta a tudo. O marido nunca fez questão de aproximar as duas, talvez demonstrando que Marina se voltaria para as coisas dele.

Não dá para dizer que Lucciano tenha feito sumir apenas a documentação sobre as primeiras décadas de seus negócios com artes plásticas: depois de morrer de uma hepatite mal tratada na infância, aos poucos os rastros de Durva naquele apartamento enorme também sumiram. Marina nem sequer sabe onde estão as duas fotos que guardou da mãe.

VII

Marina começou a trabalhar na galeria fazendo o contato com os artistas. Aos poucos, Lucciano notou que a filha ia bem na parte dos custos e passou as finanças para ela, ficando apenas com as relações institucionais.

Depois de alguns anos, ela tinha aprendido todos os macetes e estava pronta para cuidar do negócio inteiro. Cansado, Lucciano levou os registros mais antigos embora, alegando que a filha deveria se comportar como se estivesse começando uma nova galeria. Todo mundo sabe, porém, que não é bem isso: quando as artes plásticas se tornaram um investimento de relevo, Marina dalla Donatella era já um nome bastante estabelecido para passar confiança ao mercado. Não estava começando, não...

Seu traquejo com os números impressionava os banqueiros. A moça compreendia muito bem a questão das notas fiscais, por exemplo. Se somarmos essa habilidade à boa fama do pai, não é difícil entender como ela se tornou, sem exagero, a principal marchand do Brasil. A propósito, foi graças à inteligência de sua contabilidade que Donatella conheceu o pai de José de Arariboia.

VIII

É bom dizer logo que não há qualquer insinuação de favorecimento aqui. Apesar de ainda jovem, José de Arariboia conta com uma razoável fortuna crítica. É natural o interesse das galerias pelas suas coisas. Inclusive o pai dele costuma negociar com diversas galerias diferentes. Para a coleção do banco, prefere de fato o bom relacionamento contábil com Marina. Mas só isso, obviamente, não faria um colecionador do interior de São Paulo, por exemplo, comprar um trabalho de Arariboia. No Brasil contemporâneo, o meio artístico é muito profissional.

A bem da verdade, Donatella sempre atraiu para a galeria um grupo de jovens com futuro promissor. Cada um na sua área, ela fechou nos últimos anos acordo com uma fotógrafa que trabalha com grandes dimensões, um escultor interessado em instalações coloridas e enigmáticas, um videomaker atrás de recolocar a velocidade da televisão em outro patamar e, justamente, José de Arariboia e sua inclinação pela pintura. Todos, claro, lidam com suportes variados, mas têm suas preferências, o que facilita a consolidação do portfólio. Ainda assim, quando viu logo cedo os vídeos de José de Arariboia que estavam sendo divulgados, Marina quase caiu para trás. Não é possível, menino.

IX

Ainda não é o momento de falar dos vídeos. Se essa narrativa tiver uma característica principal, talvez seja o planejamento. Além, claro, de sua confiabilidade. Não posso lidar com artistas e marchands dessa dimensão de qualquer jeito.

A questão é que no meio das artes plásticas tudo é imprevisível. Novos nomes se revelam enquanto os artistas sobem e descem na preferência dos colecionadores. De vez em quando as expectativas não são atendidas, o que causa um inevitável banho de água fria em todo mundo. É o caso do leilão que Demian Hirst resolveu levar adiante sozinho, sem a participação de nenhuma galeria. O povo todo achou que o mercado mudaria radicalmente. Não aconteceu muita coisa.

Toda essa imprevisibilidade torna as pessoas ansiosas. No início da carreira, Marina chegava a ter problemas para dormir depois de uma negociação mais difícil. Do mesmo jeito, ao assinar com um novo nome, passava dias fazendo projeções e contatos, o que naturalmente acelerava seu batimento cardíaco. Aos poucos, foi se acalmando. Hoje dá para dizer que estamos diante de uma senhora tranquila. Mas os vídeos de Arariboia a estão fazendo suar frio. Não é possível.

X

*Fotografia da inauguração da nova sede do MASP
publicada no* Correio da Manhã. *Lucciano dalla Donatella
é o terceiro, da esq. para a dir., na segunda fila.*

4

A história do traficante Biribó fica de novo adiada por causa da situação do artista plástico José de Arariboia. O mundo das redes sociais amanhece em polvorosa. É um momento delicado, e Marina dalla Donatella talvez não saiba agir com a calma que a situação exige.

I

Aqui, não posso embarcar na agitação que os vídeos com o gingado de Arariboia estão causando. Vou devagar. Quem assiste tem o impulso de fazer alguma coisa. A maioria copia o endereço do YouTube e o compartilha no Facebook e no Twitter, onde o assunto logo cedo é o mais comentado do Brasil. Mesmo entre os *trend topics* do mundo todo, Arariboia só perde para os atentados de Paris. Alguns portais de notícia também reproduziram o conteúdo, com informações biográficas e dois ou três de seus quadros.

O pessoal das artes plásticas tem evitado discutir o assunto em público. No entanto, muitos estão agora ao telefone perguntando-se como Marina dalla Donatella deve reagir. A essa hora Paulo Herkenhoff, curador do MAR, e Didi-Huberman já estão sabendo. Os parentes mais próximos de Arariboia não param de ligar para ele. Podemos nos ater a esse detalhe para organizar a narrativa. São dez horas da manhã. Arariboia, letárgico e com os gestos bruscos, cambaleia até a sala e tira o telefone do gancho. Esgotado, deita-se agora no sofá e continua dormindo. Na galeria, Donatella percebe que alguns dos vídeos já têm mais de um milhão de visualizações.

II

Com exceção das montagens, identifiquei de início seis vídeos diferentes. Dois se dispersam no caminho de Arariboia e registram a reação das pessoas. Um dos outros tem a imagem tremida. Pelo som, a gente percebe que foi feito por um dos seguidores mais animados do cortejo. Não serve para muita coisa. Restam três em que os autores estavam mais preocupados em filmar do que em participar da catarse coletiva.

Biribó, em um canal que pouca gente sabe ser dele, foi o primeiro a subir a filmagem. O problema de seu registro é o final: fica evidente que veio de outro aparelho. Os policiais que acompanharam o cortejo não o intimidaram, mas, quando ele ouviu a sirene, guardou o celular no bolso e voltou para o morro. Três horas depois apareceu outro vídeo que complementa o dele: é o do gerente de uma loja de sucos. Ele pega Arariboia no meio do caminho, e tem a sorte de estar perto do lugar em que a viatura parou. Com isso, eternizou um close do nosso herói sendo levado para a delegacia. Vou usar esses dois vídeos para me guiar. Com exceção de algo muito fora do comum, precisarei ignorar os memes e gifs do Facebook e do Twitter, os milhares de comentários e mesmo a maioria dos e-mails que o artista está recebendo enquanto dorme. Mas não o que Marina dalla Donatella lhe envia às onze horas da manhã.

III

Desde que assumiu o controle da galeria, é a primeira vez que Marina dalla Donatella se sente perdida. Com um desinteresse maldisfarçado, dois concorrentes ligaram logo cedo. O pretexto era qualquer outro, lógico, mas estavam na verdade querendo saber a reação dela diante do que um de seus representados causara. Ela abreviou as ligações e deixou de atender ao telefone. A secretária percebeu o estado de letargia da patroa e trouxe mais um café. Marina recusou e perguntou se a moça assistira aos vídeos. Encabulada, ela disse que tem inclusive uma amiga que acompanhou o cortejo. Foi uma coisa mágica.

Depois de fechar a porta, Marina tentou reproduzir um dos movimentos. Como estava com as pernas fracas, não conseguiu e precisou se sentar por causa da tontura. Por um breve instante, imaginou se Arariboia não tentara dar continuidade a alguma interpretação malfeita do trabalho de Hélio Oiticica. Mas performance nunca foi a praia dele. E precisava ser pelado? Para se distrair um pouco, Marina ligou a televisão que deixava em um canto do escritório. Um programa de variedades havia convidado a psicanalista Maria Rita Khel e o filósofo Vladimir Safatle para discutir o que José de Arariboia tinha feito e as reações que estavam aparecendo no mundo todo.

IV

Como o assunto era a pulsão dos desejos, Donatella não entendeu por que Safatle citou a galeria dela. Para ser fiel ao debate, vou deixar entre aspas a frase: "Não se trata de um artista qualquer, mas de um jovem com exposições na bagagem, leituras críticas e uma das galerias mais importantes do Brasil para representá-lo". Se tivesse mais calma, ela poderia ter continuado a ouvir o programa e perceberia que o filósofo estava tentando contemporizar: "Não podemos fazer uma interpretação leviana do que aconteceu".

Nervosa, a galerista telefonou para Herkenhoff, que tem a mesma opinião. É realmente melhor cancelar tudo. Como não houve ainda nenhuma divulgação, os dois se livram do escândalo. Depois de um copo de água e de respirar fundo várias vezes, Marina telefonou para o artista plástico José de Arariboia. Não precisou de muito tempo para ela se aliviar: estava sem linha. Em um e-mail breve, então, ela diz ríspida que a galeria não mais o representa e que a exposição no MAR está cancelada.

São onze horas da manhã. Arariboia vai dormir até as treze. Nesse intervalo, a situação não vai mudar. No entanto, um grupo de porteiros está espalhando que ele deve repetir tudo hoje à noite.

V

A vista particular não é um livro de suspense: nunca mais Arariboia vai percorrer aquele caminho nem repetir a dança. Claro que há muita gente imitando seus movimentos por aí. Não é o meu assunto. Para mim, importa que às treze horas ele desperta, vai ao banheiro, toma um copo de água na cozinha e, leve e tranquilo, resolve deixar o telefone fora do gancho. Como se tivesse pensado no que fazer enquanto estava dormindo, manda uma mensagem para a mãe dizendo que está muito bem (sabendo que com certeza ela vai avisar o pai e o irmão) e ignora os exatos 2698 e-mails que recebeu. O único que vai ser respondido, agora mesmo, será o da sua ex-galerista Marina dalla Donatella: *O.k., um abraço.*

Com as costas retas, há muito tempo nosso artista não se sente tão bem. Através dos links que todo mundo deixou em sua página pessoal no Facebook, assiste aos vídeos. Estariam ótimos, pensa, se não fossem essas tarjas pretas pulando de um lado para o outro. Até o Biribó, que ele ainda não conhece, tomou o cuidado de cobrir os genitais de todo mundo. Alguns momentos fascinavam José de Arariboia, sobretudo depois da chegada à praia. Faça realmente isso, Zé: assista várias vezes a esses trechos, porque depois você não vai querer mais vê-los.

VI

Entre os tantos, vários debates vão discutir se o nosso artista teria planejado tudo aquilo com antecedência. A maneira com que o fragmento anterior foi escrito dá a entender que sim. Muitas pessoas acham que ele está dando um passo consciente e bem planejado em sua carreira artística. Imagina se logo não vão fazer um leilão com os quadros dele?, um convidado afirma no *Estúdio i* da GloboNews, para logo ouvir o colega de programa dissertar sobre a influência do mercado nas artes plásticas.

Na verdade, não. Ele não planejou absolutamente nada. Outro debate curioso vai ser travado na internet por alguns especialistas: qual o nome do que aconteceu? É preciso acertar o vocabulário para continuar a discussão. Muitos utilizam a palavra performance. Mas há quem prefira dança, ritual, transe e até mesmo o desrespeitoso surto. Repudio esse último termo. Fazendo aqui uma revisão, noto que eu mesmo utilizei diversas palavras. Por fim, os especialistas acordaram que nosso artista protagonizou naquele antológico começo de noite em Copacabana um "happening". Ele, porém, não acompanhará nada disso. Durante o *Estúdio i*, por exemplo, vai abrir uma nova conta de e-mail, que permanecerá restrita a pouquíssimas pessoas: zeararibа@yahoo.com.br. A caixa antiga está congestionada.

VII

Zé Arariba não quis deixar o material com o porteiro. Assim que o táxi com os trabalhos que estavam na galeria chegou, ele desceu. Na calçada, um grupo de jovens aguardava para ver se conseguia uma selfie com o ídolo. Sem muita intimidade com esse tipo de fama, nosso artista aguentou bem até perceber que outro grupo reproduzia o happening. Uma garota começou a gingar e, hábil e graciosa, tomou o caminho da praia. Com a esperança de que ele liderasse o cortejo, três ou quatro jovens fizeram a mesma coisa. Incomodado, mas em silêncio, Zé Arariba voltou para dentro do prédio. Eles estão aqui desde cedo, o porteiro avisou com uma ponta de sarcasmo quase imperceptível. Logo vão embora, o artista respondeu.

Não foram. Na verdade, quando a tarde caiu o endereço dele tinha se espalhado pela cidade. Uma pequena multidão se aglomerava em frente ao prédio. A rua estava praticamente fechada. Por duas ou três vezes o síndico tentou perguntar pelo interfone se Zé Arariba pretendia fazer alguma coisa. Há duas horas, porém, ele escreve sem parar em um velho caderno de anotações e nem sequer percebeu o interfone. O telefone continua desligado desde a noite anterior.

VIII

Muito concentrado, Zé Arariba ficou quase uma semana tomando notas, desenhando esboços, checando dimensões aqui e ali, fazendo contas, estudando possibilidades e procurando todo tipo de informação na internet. Na quinta-feira (o happening havia sido na noite de segunda), sua mãe veio fazer uma visita e, aliviada, encontrou o filho muito bem. Ele agradeceu os mantimentos e surpreendentemente parou de trabalhar para tomar um café na cozinha.

Dona Irene notou que o filho parecia leve. Com a idade ela já sabe que aquela é a expressão das pessoas que se sentem bem. Talvez seu outro filho tenha razão: é mais uma das coisas do Arariba. Para não estragar a felicidade dele, resolveu não perguntar sobre o happening. Se tivesse feito isso, sairia frustrada, pois Arariba não se lembra de nada. E sobre a galeria, meu filho? Nem essa pergunta o incomodaria: vou arrumar outra, essas coisas são assim mesmo. A mãe não estenderia a conversa, mas a verdade é que nesse momento ele já pensou em como pretende continuar sua obra. Um artista consciente faz bastante pesquisa. O nosso vai nesse ritmo até domingo. Em uma semana, a propósito, o happening virou tema de seminário acadêmico.

IX

Como estamos no domingo à noite, vale a pena diminuir o ritmo para fazer um balanço do que aconteceu depois do happening. Durante uma semana, os vídeos se multiplicaram no YouTube. Além dos que transmitiam diretamente o que Zé Arariba tinha feito, dá para achar montagens, paródias, notícias e registros de debates. No total, devem ter sido uns trinta milhões de acessos. Vários grupos marcaram pela internet encontros para refazer o caminho. Não fica a mesma coisa. No Facebook alguns grupos reúnem fotos, trocas de informações, gifs, sátiras e debates que, ao longo da semana, foram perdendo o vigor. No Twitter, do mesmo jeito o assunto esteve entre os *trend topics* até quinta-feira. As hashtags mais populares foram #artistapeladonapraiarj; #balancamasnaocairj, #vanguardanorj. Mesmo a peregrinação que estava acontecendo ao prédio do Arariba foi rareando. No sábado algumas pessoas chegaram a passar pela frente do local, mas ninguém perdeu tempo para ver se ele iria sair. Por fim, no domingo à noite nosso artista desceu para comer alguma coisa. Na rua, muita gente acenou para ele e um pessoal ameaçou formar um novo cortejo. O grupo, porém, se dispersou com um sinal de "não" e ele pôde jantar tranquilo.

Zé Arariba, quem sabe tudo já tenha passado.

X

Na segunda-feira, o traficante Biribó respondeu ao e-mail do nosso artista. Não foi difícil descobrir o endereço dele: bastou escrever para uma comunidade no Facebook, perguntando pelo autor daquele ótimo vídeo. Já na mensagem, Biribó agradeceu a opinião do artista e revelou que isso de filmar é algo que ele carrega desde cedo. Os dois poderiam se encontrar naquela noite mesmo. Aparece na entrada que você conhece. Alguém te pega lá.

Arariba aproveitou a tarde para organizar sua proposta. Em três folhas simples, com duas imagens, alguns esboços e poucas linhas de texto expôs o que pretende fazer na favela Pavão-Pavãozinho. Às nove horas, parou em frente à ladeira onde, quinze dias antes, as filmagens do happening começaram. Um olheiro do Biribó avisou lá em cima que o artista parecia sossegado. Não deu tempo. Quando um dos enviados do Biribó estava descendo para buscar a visita (isso de segurança é importante), já havia um enorme grupo de gente cercando Arariba. Alguns dançavam, outros gritavam mostrando o caminho da praia e a maioria empunhava o telefone celular. Não havia alternativa: nosso artista pediu para que o deixassem em paz. Como ninguém se moveu, ele saiu correndo, o que causou uma enorme confusão, um atropelamento e novos vídeos e debates na internet.

5

Em que Biribó entra na narrativa para não sair mais. O leitor conhece uma nova geração de empreendedores. Ele e o nosso herói vão se dar muito bem e o novo projeto estético de Arariba será apresentado com clareza e cuidado. Cairá a noite na extasiante cidade do Rio de Janeiro e o traficante Biribó terá outro enorme sucesso no YouTube. É um capítulo cheio de transe. Serei injustamente criticado pelo narrador, que irá mudar minha função, mas apenas no capítulo seguinte. Em protesto por essa atitude radical e desmedida, calo-me até lá.

I

Para evitar outra aglomeração, o motorista do táxi subiu a ladeira que dá acesso ao Pavão-Pavãozinho, contornou algumas vielas mais largas e deixou o artista na frente do pequeno galpão, onde um dos colaboradores do Biribó o aguardava. Dali, fizeram um caminho alternativo, por dentro da casa de alguns moradores, até uma escada bem iluminada. Um grupo de jovens, assim que o viu, começou um gingado, mas João Josafá com um gesto fez que voltassem para trás.

Biribó esperava na frente de uma construção de dois andares. Quem ainda acha que as favelas brasileiras são um amontoado de tábua, papelão e sujeira está enganado. Em 2016 o Brasil já tirou trinta milhões de pessoas da miséria, estabeleceu programas de assistência social e melhorou a vida de quase toda a população. A casa onde o chefe do tráfico do morro vive com a mãe idosa é de alvenaria, bem pintada e tem quatro ambientes: o quarto da dona Lô fica nos fundos, ao lado de um banheiro bem ajeitado. O do filho liga-se à cozinha, onde ele pediu para o artista se sentar e ofereceu uma cerveja. O andar de cima conheceremos logo. Na laje, um guarda-costas está sempre de plantão com um fuzil AK-47. É a única pessoa armada por ali. Biribó pediu para João Josafá cuidar da porta e só interrompê-los em último caso.

II

    Biribó tem o rosto redondo, irônico, e quando manifesta orgulho deixa aparecer três covinhas no queixo, duas na extremidade esquerda e outra mais perto dos lábios. É jovial e não se parece com nenhum modelo que o leitor possa porventura criar para o chefe do tráfico do morro Pavão-Pavãozinho. Bem vestido e com os gestos pausados, sempre achou importante isso de apresentação. Ele trata dos seus vídeos com o mesmo cuidado, explicou enquanto os dois subiam para o piso superior e Arariba mexia nos cabelos. Em um quarto amplo e arejado, o artista se espantou com o material: dois MacBooks Pro estavam ligados, um no YouTube e outro em um programa de edição de vídeo. Três monitores transmitiam as imagens que as câmeras espalhadas pelo morro captavam ao mesmo tempo. Havia ainda dois iPads desligados e um walkie-talkie. Em um canto, uma caixa de sapatos cheia de telefones celulares. Isso de tecnologia sempre me fascinou, Biribó contou com as três covinhas bem à vista. O meu canal no YouTube tem vários vídeos que eu monto com as imagens que as câmeras vão pegando. Adoro isso de edição. Enquanto Arariba girava espantado o pescoço, Biribó viu uma merda no monitor do meio e pediu pelo walkie-talkie para o Pê resolver logo. Imagino que isso do senhor querer me encontrar tenha ligação com os meus vídeos.

III

Honestamente espantado, Arariba se desculpou: não conheço ainda o seu trabalho, mas parece muito diferente. Tenho uma estética disso de videoclipe, Biribó disse, com umas coisas cariocas e uma visão mais de comunidade. Dá para notar, nosso artista pensou em responder, mas acabou ficando quieto, sem saber muito bem o que o colega estava querendo ouvir. Depois de mais alguns instantes, pediu para voltarem à cozinha. Quero explicar o meu projeto. Vamos conversar andando, assim o senhor conhece a comunidade. A ideia é atraente, Arariba respondeu, mas preciso mostrar minhas anotações. Tem luz em todo lugar agora. Pois é, as favelas mudaram muito. Peço que o senhor chame nosso bairro de comunidade, Biribó falou com firmeza, mas tentando ser gentil. Desculpe.

Enquanto caminham, os colaboradores tentam deixá-los tranquilos. Todo mundo conhece Biribó e sabe que ele não gosta de ser incomodado. Só que ao ver Arariba por lá muita gente se empolga, começa a gingar e põe a mão no cabelo. Absorvidos pela conversa, os dois não percebem os gestos irritados com que Pê, João Josafá e Vitorino afastam os mais animados. Quando chegam à parte alta do morro, Arariba se emociona com a vista. Atento, Biribó filma esse instante de êxtase e lirismo, típico dos moradores do Rio de Janeiro.

IV

Arariba e Biribó aguardam alguns instantes em silêncio. Em um dos pontos mais altos da cidade do Rio de Janeiro, à uma hora da manhã, com o céu completamente estrelado e o mar à frente, não dá mesmo vontade de falar. O nosso herói senta-se na borda da laje, mexe no cabelo e percebe no rosto a maciez da madrugada. Biribó não para de filmar.

É isso, Arariba, relaxe e se esqueça de tudo. Respire fundo, solte os braços e deixe a magia carioca tomar conta do seu corpo. Chore, sim, e não se preocupe com mais nada. Dê risada. Volte a ser leve, leve, leve, imagine-se voando sobre a baía de Guanabara, voe, Arariba, voe com toda a liberdade que a vida lhe deu. E, quando estiver cansado de voar, sente-se no braço direito do Cristo Redentor. O mundo é seu, querido artista, aí em cima ninguém pode controlar você. Nunca mais. Agora, nunca mais.

Muito relaxado, Arariba mostrou então os projetos para Biribó, que àquela altura já havia gravado o suficiente. Se fizer uma edição cuidadosa, o vídeo vai bombar no YouTube. E dessa vez não tem concorrência. O traficante ouviu com cuidado as propostas do artista, impressionou-se com todas, mas respondeu que não poderia aprovar aquilo sozinho. Vou conversar com o pessoal da comunidade e a gente retorna a falar disso de arte.

V

Arariba voltou para casa às quatro horas da manhã no mesmo táxi que o tinha levado ao morro. Cheio de energia (isso de emoção é importante para o artista), Biribó foi direto trabalhar no vídeo. Com ele, pretende confirmar seu talento. É só convencer depois o pessoal a aceitar a ideia do novo amigo e aos poucos ir se inserindo no meio artístico.

Às dez horas da manhã, Biribó subiu no canal do YouTube da comunidade Pavão-Pavãozinho o vídeo de seis minutos com a emoção do artista plástico Zé Arariba na laje mais alta do morro. Em poucos minutos, os acessos dispararam, como o leitor já sabe por causa do resumo no início do capítulo.

É verdade que desde o começo *A vista particular* não quer ser um livro de suspense. Mesmo assim, talvez fosse bom que alguns aspectos da narrativa não se adiantassem tanto. Desse jeito, vão pensar que não dou atenção para as reviravoltas da trama, mas apenas para a forma. É um absurdo: até no vídeo novo do traficante, que já tem doze mil acessos, dá para notar preocupação com algum desenvolvimento narrativo. Primeiro, Arariba se senta e a brisa toma o seu corpo. No final, chora emocionado. Nesse meio-tempo, aconteceu muita coisa. É isso que chamamos de história. Por que recusá-la?

VI

A partir do próximo capítulo o resumo se transformará e vai se encarregar das subtramas. Dá pena deixar Marina dalla Donatella de fora da história. Nesse momento, ela está enternecida olhando as lágrimas do Arariba no YouTube. Não é o suficiente para telefonar para ele, porém. Como muita gente, Donatella acha que o nosso artista está fazendo de tudo para ficar em evidência nas redes sociais. É muito comum hoje em dia, e bastante perigoso, sobretudo para quem precisa se concentrar em um tipo de atividade tão exigente quanto a arte. A última afirmativa não é dela, e sim do professor Luiz Felipe Pondé, que está como de costume em um programa de televisão comentando o novo vídeo do artista plástico, performer e agitador cultural (segundo o apresentador) Zé Arariba. Biribó se irrita com o fato disso de não citarem o nome dele e muito menos perceberem as nuances da sua edição. Um passeio pelas páginas da internet mostra a mesma situação: é só Arariba, Arariba, Arariba. Ao meio-dia em ponto na cidade maravilhosa, o traficante recebe um chamado no walkie-talkie do Pê. Tem um monte de gente aqui na entrada do morro querendo subir até onde o cara chorou.

VII

Biribó correu para a frente de um dos monitores. Na ladeira de acesso ao morro uma pequena aglomeração queria saber como chegar à laje onde o artista plástico Zé Arariba tinha vivido um transe. Alguns ainda reproduziam o inesquecível gingado e as mãos no cabelo, na esperança de que o caminho para a praia fosse refeito. Biribó pediu para nenhum de seus homens agir com violência. Explica que a gente vai abrir a laje de noite. Sem as estrelas isso de transe não funciona.

Pê não tem muita experiência como mediador de conflito, mas tentou acalmar o grupo deixando claro que eles poderiam visitar a laje quando escurecesse. Por enquanto, se quiserem podem aproveitar o comércio que o morro oferece.

O chefe do tráfico do Pavão-Pavãozinho precisa agir rápido. Aquela laje pertence a um barraco usado para estocar armas e às vezes cocaína. As antenas funcionam muito bem lá em cima e de vez em quando ele passa a noite se divertindo com alguma garota mais ousada. Dali também dá para ver logo a chegada da polícia. Precisa transportar tudo para outro lugar, limpar a área, colocar a mercadoria embaixo e organizar um sistema de transporte. Outra coisa: se quer subir, tudo bem, mas todo mundo vai ser filmado.

VIII

Às vinte horas já escureceu completamente na cidade do Rio de Janeiro. A fila na frente do morro é enorme. Os primeiros visitantes chegaram um pouco depois do almoço. Biribó organizou um sistema de táxi, colocou um tapete sobre o piso da laje, limpou um pouco a área e estabeleceu a taxa de cinquenta reais por pessoa para vinte minutos. Dá para acomodar quatro caras deitados com algum conforto. Ele ordenou que ninguém ficasse com as armas à mostra. Aqui e ali, porém, destacou olheiros em lugares estratégicos para avisar se alguma coisa mais estranha acontecer.

Para não fazer nada ilegal, o traficante colocou o aviso de que havia três câmeras instaladas na laje e que todos estariam sendo filmados. Ele próprio resolveu se instalar na sala de edição. Isso de ter uma visão mais geral do morro é importante. Como o carro de um canal de televisão estacionou às vinte e trinta perto do início da fila, Biribó pediu pelo walkie-talkie para nenhum de seus homens dar entrevista. Por outro lado, liberou todo tipo de comércio. Os visitantes, além do consumo habitual, poderiam ter fome, vontade de tomar uma cerveja com os amigos ou apenas o desejo de passear pelo morro. Todo mundo deve ser bem recebido.

IX

Algumas pessoas se deitam na laje e em poucos instantes têm o corpo tomado por uma eletricidade estranha. Parece que o mar é você: cheio de ondas, as estrelas por cima, um monte de gente admirando, outras incomodando muito, você é gigante, mas quando começa a chover e o mar se agita você vira de lado com o corpo adormecido e a cabeça girando, girando, girando, sem ninguém saber onde tudo isso pode acabar. Naquela noite mesmo um cara foi um tsunami. A maioria, porém, deita ali, fica olhando o céu, acha a brisa maravilhosa e nada mais acontece.

Quando amanheceu, Biribó pediu para João Josafá dispersar a fila. Ele tinha ficado satisfeito, mas achou o movimento no morro muito desorganizado. Também estranhou, através da câmera, a reação de duas ou três pessoas. Ele tem certeza de que uma delas é do serviço secreto da polícia. Por outro lado, conseguiu muito material para os vídeos. Antes de dormir um pouco, Biribó leu um e-mail do Zé Arariba. Com muita calma, explicava que tinha ficado chateado com a história da laje, pois a arte não é um lugar de romaria. Por fim, perguntava se a comunidade considerara sua proposta. O traficante respondeu na mesma hora que iria consultar logo a associação de moradores. Sobre a laje, você está certo, colega.

X

No meio da tarde, Biribó acordou e escreveu um e-mail carinhoso para Zé Arariba, tendo o prazer de contar que as lideranças do morro adoraram isso de arte e estavam mais do que de acordo com o projeto que ele tinha apresentado. Todo mundo aqui ficou ansioso para ver o seu trabalho em andamento. Precisamos apenas acertar uns poucos detalhes. Convido o amigo, então, a tomar outra cerveja na minha ilha de edição. Quanto à laje, desculpe-nos. É difícil administrar uma comunidade da dimensão da nossa. Vamos suspender isso do programa de visitas.

Como estava preocupado com a possível presença de policiais que ele não comprara, Biribó tirou Pê da porta do morro e pediu para dois garotos mais novos, sem armas à mostra, ficarem na entrada dispersando o pessoal que já estava formando a fila para subir à laje. Se quiserem comprar qualquer coisa, com certeza são bem-vindos.

O aumento da circulação de pessoas pelas ruas maiores e, ao mesmo tempo, o sumiço das armas mais pesadas agradavam os moradores. Só mesmo em alguns cantos estratégicos os homens do Biribó continuavam com os fuzis. O comércio do morro aumentou e o nome do Zé Arariba começou a ser ainda mais repetido: foi graças a ele.

6

Em que, acusado de adiantar a trama, transformo (contra a minha vontade) meu propósito e agora vou lidar com algumas subtramas. A principal será a de Marina dalla Donatella.

Desde que encerrou o agenciamento, Marina não consegue deixar Zé Arariba de lado. Todo dia olha cinco ou seis vezes o perfil dele no Facebook e, em seguida, digita seu nome no Google e lê com atenção cada notícia. Por isso achou muito estranho o anúncio de que ele vai continuar sua obra usando o morro como suporte. Meu Deus, pintar de cores diferentes os barracos é um negócio que muitos artistas já fizeram. Não tem ninguém aconselhando esse menino?

I

A narrativa, agora na metade, altera o ritmo e deixa de acompanhar o dia a dia das personagens. Zé Arariba passou alguns meses andando pelo morro. Sempre acompanhado pelo Biribó. No começo, as pessoas achavam que ele estava prestes a sair gingando e já se preparavam para o cortejo. Aos poucos, acostumaram-se com a sua presença. Aqui e ali nosso artista recebe convites para almoçar na casa de alguém. Tomar cerveja, quase o tempo inteiro.

Fora do Pavão-Pavãozinho, Arariba está um pouco esquecido — por enquanto, lógico. Marina dalla Donatella, porém, não consegue deixá-lo de lado. Todo dia olha cinco ou seis vezes o perfil dele no Facebook e, em seguida, digita seu nome no Google e lê com atenção cada notícia. O meio das artes plásticas ainda não o deixou de lado. Nas redes sociais circulam alguns memes, mas nada como o que aconteceu depois do gingado e do episódio na laje.

Hoje, ele é um artista ocupado: fotografa cada canto do morro, anota tudo e conversa com os moradores. Biribó insiste na importância de seus vídeos para a obra. Arariba concorda, mas não diz como pretende usá-los, o que às vezes deixa o traficante ansioso. Mesmo assim, dá para dizer que os dois estão se dando muito bem.

II

Quando, sem dar notícias, Zé Arariba deixou de aparecer no morro por duas semanas, Biribó se sentiu esquecido e enviou um e-mail: espero que o amigo não tenha desistido disso de arte aqui na comunidade. Os moradores estão esperando. O e-mail não voltou, mas até o final da noite, do mesmo jeito, não recebeu resposta. Com a cordialidade habitual de lado, Biribó enviou um bilhete ao prédio do novo amigo, deixando claro que ele sabe onde o outro mora. Não aceito traição.

O porteiro recebeu e explicou que o artista armazenara um monte de comida e pedira para não ser incomodado. Diante da insistência do emissário, que estava armado, o bilhete foi imediatamente passado por baixo da porta do nosso herói. A campainha está desligada faz tempo. Arariba leu e, sereno como todo criador que está satisfeito com sua obra, passou as mãos no cabelo e enviou um e-mail se desculpando. Sem dúvida, colega artista Biribó, seus vídeos estão no centro do trabalho. Em uma semana, volto à comunidade para mostrar meus planos e conversar sobre a melhor forma de colocá-los em ação.

Vamos, assim, conceder esse prazo ao artista plástico Zé Arariba, dando à personagem Biribó um pouco mais de calma e paciência.

III

Biribó recebeu Arariba com algumas cervejas, mas sem as três covinhas no queixo. Ele pode ser da nova geração do tráfico, mas não gosta de esperar. Se quer ser artista, precisa de um pouco mais de paciência. Talvez haja um momento adequado para dizer isso a ele. Agora, porém, Arariba está explicando como vai ser a obra. De início, precisaremos apenas de um grupo para ir de barraco em barraco — de casa em casa, o outro corrigiu — perguntando quem quer participar. Além da permissão, não haverá mais nada a fazer: durante a mostra, as pessoas podem continuar sua vida tranquilamente.

O traficante videomaker não entendeu nada, mas ficou feliz ao ver que a ilha de edição seria o centro do trabalho. É daqui que tudo vai irradiar, Arariba explicou abrindo um mapa. Você fez isso com aquelas fotos? Foi. A arte exige planejamento e muito esforço. Biribó respondeu com um aceno, sem deixar claro se tinha ou não compreendido o recado.

Naquela noite mesmo, Biribó pediu para que os moleques que trabalham como vigias perguntassem em cada casa do morro se a família ou o dono do estabelecimento aceitaria participar da obra de arte do Zé Arariba, amigo que todos já conhecem.

IV

Vários moradores acharam a proposta divertida. Que mal tem dançar até a praia girando o cabelo? Só não quero tirar a roupa. Muitos, porém, aceitaram apenas para não recusar um pedido do Biribó. O Pavão-Pavãozinho é hoje um morro pacificado, mas algumas coisas não mudam. Na manhã seguinte, antes de ir à escola um grupo de adolescentes chegou a ensaiar um gingado. A verdade é que sem o Arariba não funciona direito. Como vai ser essa proposta nova?

Com a grande adesão, nosso artista plástico precisou mudar os planos. De início pretendia que uma van fosse parando, a partir da ilha de edição, em alguns locais determinados do morro onde as obras ficariam. Agora, o ideal é dividir a comunidade em quatro áreas. A van deixa os visitantes no ponto de partida e dali o pessoal faz um dos caminhos com um monitor. E quem vai contratar essa gente?

Ao ver o silêncio do colega, Biribó ofereceu-se para organizar o negócio. No final de cada dia, dou uma parte para você. Fica tranquilo que estou acostumado com isso. Arariba achou ótimo, mas fez alguns pedidos: os seguranças e o pessoal da bilheteria precisam estar de terno. Quanto aos monitores, uma camiseta com o nome da exposição é suficiente.

V

Animado com os resultados, Arariba não demorou nem dois dias para fazer um novo mapa com as quatro regiões onde as obras seriam instaladas. Biribó achou ótimo e pediu uma cópia. Vou tirar os meus homens do trajeto. De jeito nenhum, Arariba respondeu veemente e depois mexeu no cabelo. O morro tem que continuar sem nenhuma alteração. A polícia também precisa parar no mesmo lugar de sempre. Na região 2 haverá uma etiqueta para a viatura que costuma estacionar de madrugada para pegar a parte deles. Biribó não discordou. Com as três covinhas bem à vista, pediu alguns dias para organizar os vídeos que estariam rodando na abertura da exposição. Isso do artista surpreender é importante.

O primeiro problema, porém, não demorou a aparecer: Pê, o novo chefe da segurança, explicou que os homens não conseguem se acostumar com os ternos pretos. É muito quente e não dá para se mexer direito. Arariba deixou que todos se vestissem com a camiseta dos monitores. Apenas não vamos distribuir essa roupa para todo mundo aqui no morro, senão os visitantes vão achar que qualquer um é monitor. Por falar nisso, o treino já está começando: são dois turnos de oito equipes de estudantes secundaristas se preparando para explicar cada uma das etiquetas que Arariba começará a colar na segunda-feira.

VI

1. Família com um filho no tráfico e outro na escola
seres humanos
coleção pública, 2016

2. Impossível entender como não cai
alvenaria
coleção pública, 2016

3. Viveiro de *Aedes aegypti*
larvas de mosquito
coleção pública, 2016

4. Homens do tráfico com rifle AK-47
seres humanos
coleção particular, 2016

VII

5. Depósito de armas (algumas de uso restrito do Exército)
armas
coleção particular, 2016

6. Boca de fumo
Seres humanos e drogas
coleção particular, 2016

7. Mãe se matou depois que a polícia assassinou seu filho (moravam aqui)
alvenaria
coleção pública, 2016

8. Bazar
todo tipo de coisa à venda
coleção particular, 2016

VIII

9. Igreja evangélica com dízimo
alvenaria e dízimo
coleção particular, 2016

10. Hoje em dia tem até TV de plasma na favela
TV de plasma
coleção particular, 2016

11. Crianças correndo como em qualquer lugar do mundo
crianças
coleção pública, 2016

12. Aviões do tráfico
adolescentes
coleção particular, 2016

IX

13. Então na favela é assim?
turistas
coleção pública, 2016

14. Local em que a polícia pega a parte dela
canto ermo
coleção pública, 2016

15. Biblioteca onde há oficinas de poesia
livros e poeta
coleção pública, 2016

16. Vista maravilhosa do Rio de Janeiro
Rio de Janeiro
coleção pública, 2016

X

A Associação de Moradores da Comunidade
Pavão-Pavãozinho e o artista plástico Zé Arariba
convidam para a abertura da exposição
COMUNIDADE BRAVA: TURISMO BRASIL,
às 19 horas do dia 24 de maio de 2016.
rsvp: bravabrasil@gmail.com

7

Em que, revoltado, recolho-me.

I

A abertura da exposição *Comunidade brava: turismo Brasil* foi um sucesso. Poucos convidados apareceram. Mas, ao notar que uma pequena multidão queria subir o morro, Biribó conversou com Arariba e os dois, por motivos diferentes, não viram problemas. Os monitores passaram a distribuir os mapas para quem pedisse, tendo ou não convite. Algumas pessoas se entretiveram com as obras. A maioria, porém, olhava uma ou duas etiquetas, achava estranho, engraçado ou idiota e saía para curtir o morro. Biribó tinha pedido para seus homens não se excederem com nada, fornecer todo tipo de mercadoria que os visitantes pedissem e inclusive coibir qualquer forma de violência. Apesar da novidade, deu muito certo. Conforme a imprensa noticiou já no dia seguinte, nenhum incidente foi registrado no morro durante a abertura. Ao contrário, o ambiente era alegre, jovial e combinava bem com a imagem que a cidade do Rio de Janeiro tenta vender no mundo todo. Quem viu o artista plástico Zé Arariba pôde perceber o contentamento em seus olhos discretos e vivos, apesar de ele em momento algum sorrir ou ser simpático com alguém. Ele também se recusou a dar entrevistas.

II

No geral, a recepção de primeira hora da exposição *Comunidade brava: turismo Brasil* também foi muito boa. Os textos iniciais ressaltavam o inusitado da situação, o olhar atento do artista, que soube captar a singularidade do espaço, a transformação de uma arquitetura triste em um lugar de convivência cheio de possibilidades e o recorte fértil da realidade em algum tipo de encantamento coletivo. Nada disso, evidentemente, combina com o título da exposição e muito menos com o que o artista planejou, mas esses primeiros olhares o deixaram satisfeito.

De novo as redes sociais abrigaram um imenso ruído. O nome de José de Arariboia, agora Zé Arariba, voltou a ser discutido por todo lado. Muita gente diz que se trata de outro espantalho do governo, criado para atrair os holofotes e fazer a mídia esquecer os escândalos de corrupção. A maioria, porém, se digladia em torno de uma questão que surgiu à época do gingado nu até a praia: estamos diante de um artista original ou de um gênio do marketing? As opiniões eram emitidas, como sempre, através de memes, confusões, links, vídeos e textos enormes cheios de citação. Como da outra vez, nosso artista resolveu ficar longe da internet.

III

Nas primeiras semanas, *Comunidade brava: turismo Brasil* não saiu da mídia. Equipes da CNN e da RAI subiram o morro destacando algumas obras. Os dois canais se detiveram em *Família com um filho no tráfico e outro na escola* e *Local em que a polícia pega a sua parte*. O repórter da RAI dedicou alguns minutos também a *Hoje em dia tem até TV de plasma na favela*. Biribó ficou aborrecido ao saber que os gringos não tinham se interessado pelos vídeos. Na quarta-feira, porém, o *Jornal Nacional* deu um bloco inteiro à exposição. Dessa vez o traficante-videomaker pôde falar de seu processo criativo. Para o maior canal de televisão do Brasil, a obra mais marcante de Zé Arariba, no entanto, é *Viveiro de* Aedes aegypti. *Impossível entender como não cai* também chamou a atenção. Alegando cansaço, Arariba outra vez se recusou a dar entrevistas. Biribó está se responsabilizando por essa parte.

Com todo esse barulho, galeristas, críticos e professores se sentiram mais seguros para entrar na favela. Mesmo assim, estão combinando de ir em grupos. Poucos têm coragem de levar uma boa máquina fotográfica. Hoje em dia qualquer celular dá conta disso. Enquanto o monitor explicava a impressionante *Mãe se matou depois que a polícia assassinou seu filho* (*moravam aqui*), um empresário de São Paulo notou a empolgação dos estrangeiros na van.

IV

Marina dalla Donatella ainda não teve coragem de visitar *Comunidade brava: turismo Brasil*. Para não causar conflitos éticos, então, não vou revelar o nome do empresário que enviou um e-mail para Zé Arariba dando parabéns pela exposição e convidando-o para um café. O nosso artista percebeu logo o que o outro queria. Essa semana está muito corrida para mim, será que podemos deixar para a próxima?

Às dezenove horas as vans estacionam, os monitores despedem-se do trabalho e os seguranças que cuidarão das obras à noite assumem o posto. Quem quiser ficar no morro passeando, tomando cerveja ou fazendo compras é bem-vindo, mas nada a ver com as obras expostas. Naquela sexta-feira, porém, o movimento estava tão grande que Biribó resolveu deixar as portas da exposição abertas até as vinte e duas horas. Zé Arariba pretendia tomar uma cerveja com o colega videomaker para explicar a história do empresário, mas acabou emocionado na entrada do morro: muita gente se recusa a ir embora, andando de um lado para o outro, discutindo as obras ou simplesmente olhando com espanto. O artista contou sete idiomas diferentes em três vans. As lágrimas se justificam: um pouco mais cedo ele tinha lido um texto dizendo que sua arte trouxera uma nova dignidade à favela. Parabéns, amigo.

V

A exposição *Comunidade brava: turismo Brasil* trouxe algo de novo para a cidade do Rio de Janeiro. As artes plásticas não são minha praia, continuou um dos jornalistas mais lidos do Brasil, Merval Pereira. Não vou entrar no mérito artístico das obras expostas. Estive duas vezes no Pavão-Pavãozinho e gostei do que vi. E, mais ainda, do que não vi. Além dos que estavam expostos, nenhum traficante desfilava com armas à vista, a violência parecia abolida daquele ambiente e as drogas viraram coisa de museu. Mesmo assim não posso deixar de perguntar: para onde vai a renda dos ingressos? O pagamento é feito em dinheiro. Aquela quantia toda é depositada em um banco ou vai para o caixa 2 do Partido dos Trabalhadores?

A pergunta incendiou as redes sociais, como tudo o que diz respeito à exposição. Biribó ficou incomodado com a repercussão. Isso de depositar o dinheiro é uma bobagem. Imaginando a reação do colega videomaker, Arariba enviou um e-mail convidando-o para uma cerveja. Não se preocupe, ele respondeu à pergunta do outro, abra sim a exposição hoje. Para evitar qualquer inconveniente, Biribó deixou de sobreaviso os homens que não trabalham no evento e instruiu dois olheiros a dar o alarme caso algo acontecesse na entrada do morro.

VI

Durante a conversa, Arariba explicou para seu colega videomaker como funciona isso de investidor. Biribó não gostou da parte do dinheiro, mas ficou atraído pela questão da mídia. Você garante que dessa vez meus vídeos serão mais bem divulgados? Para se proteger, Arariba mostrou ao traficante que a ilha de edição recebera o principal destaque no release de *Comunidade brava: turismo Brasil*. Eu sei, mas só falam de você por aí. Lembremos que no *Jornal Nacional* Biribó recebeu grande destaque. Sem falar que *O Globo* deu uma foto enorme com ele na frente de um dos monitores. É verdade, mas não tinha o meu nome. Arariba prometeu pedir mais atenção ao empresário. Os dois combinaram de cancelar a exposição naquela noite mesmo. O aviso deixou muita gente decepcionada. Até o Sindicato de Hotéis, Bares e Restaurantes reclamou, alertando para o aumento na ocupação dos quartos.

Dois dias depois, ciente de que deveria aproveitar a boa onda, o empresário divulgou um release anunciando que, agora sob sua responsabilidade, a exposição seria reaberta no Museu do Amanhã, na mesma cidade maravilhosa do Rio de Janeiro, como parte dos eventos que vão acompanhar os Jogos Olímpicos de 2016. As Organizações Globo, inclusive Merval Pereira, vibraram.

VII

Vai ser um trabalho insano. Zé Arariba, porém, é organizado: ele tem consigo os planos, fotos e esquemas da primeira versão de *Comunidade brava: turismo Brasil*. Facilita muito, sobretudo no momento de remontar o morro no novo local. Naquela noite mesmo ele combinou com Biribó o sistema de transporte: para cada etiqueta, uma viagem de caminhão. Quando uma obra estiver em pé, a seguinte pode ser levada.

Vários moradores do morro que não tinham participado da primeira exposição querem agora ir junto. O Museu do Amanhã fica em um lugar extraordinário na cidade, com VLT e tudo. Sem falar que as novas condições acabaram se espalhando antes da hora: dessa vez, não apenas os monitores e os seguranças receberão um salário. Por ser uma iniciativa ligada aos Jogos Olímpicos do Rio de Janeiro, quem participar da obra vai receber licença do trabalho e, mais ainda, um cachê. Na verdade, três quartos do morro manifestaram vontade de ir.

Zé Arariba esclareceu que nada no contrato exige que a nova exposição seja uma réplica exata da outra. Mas, convenhamos, não dá para transportar o Pavão-Pavãozinho inteiro. No final das contas, Biribó decidiu que além das obras originais vão só as casas do pessoal da segurança. São homens que estão com ele faz tempo e podem ser úteis lá embaixo.

VIII

Acertadas as obras que serão expostas, é hora do transporte. Vamos levar em primeiro lugar *Impossível entender como não cai*. Por favor, coloquem no caminhão as caixas em ordem. É melhor desmontar esse barraco a partir de cima. Sim, os dois andares, inclusive a placa de cimento. Também não sei como não cai. Tenham cuidado.

Arariba achou melhor interromper o transporte dessa obra até encontrar condições mais seguras. Precisaremos de um guindaste. Podemos então começar pelo *Viveiro de Aedes aegypti*. Esse foi fácil. No mesmo dia, deu para levar também *Família com um filho no tráfico e outro na escola* e *Depósito de armas (algumas de uso restrito do Exército)*. A nova versão da exposição *Comunidade brava: turismo Brasil* está sendo montada no espaço livre entre o Museu do Amanhã e o MAR. Diversos tapumes cobrem as obras. Mesmo assim algumas fotos do transporte desse primeiro dia vazaram. Uma que repercutiu muito foi a inédita *Cama onde menina foi estuprada por 33 homens*.

No dia seguinte, um canal de TV perguntava se as pessoas ficariam atrás dos tapumes até a abertura. Sim, foi a resposta do Museu do Amanhã. Temos um contrato trabalhista e as condições foram aprovadas por todas as autoridades competentes.

IX

A polêmica sobre as condições por trás dos tapumes não vingou. Como tudo que diz respeito a Zé Arariba, o transporte da obra virou uma atração na cidade maravilhosa, ainda mais movimentada com a chegada de delegações, atletas, jornalistas, políticos e turistas para as Olimpíadas. No mundo inteiro, jornais, canais de TV e sites destacavam *Comunidade brava: turismo Brasil,* quase sempre dizendo que se trata de um grande trabalho. Finalmente um artista brasileiro deixou de lado tecnicismos, influências estrangeiras e hipóteses estéreis para criar algo que explica e representa o seu país. Como Zé Arariba continuava se recusando a dar entrevistas, o traficante e videomaker brasileiro Biribó acabou aparecendo nos jornais e nas TVs de diversos países e virou uma espécie de símbolo não oficial dos Jogos Olímpicos do Rio de Janeiro.

O transporte terminou bem. A montagem da exposição deu um pouco mais de trabalho, mas Arariba pôde contar com algumas imagens aéreas da favela, o que facilitou a reconstrução das ruas, as áreas apenas de terra e os barracos maiores. Até *Boca de fumo* ficou em um lugar parecido com o do Pavão-Pavãozinho. Muita gente ia visitar os tapumes na esperança de Arariba liderar algum tipo de dança. Ele nem olhava para os outros.

X

A abertura da segunda versão de *Comunidade brava: turismo Brasil* foi um enorme sucesso. Mais seguros, a crítica especializada e os grandes galeristas apareceram. A ausência de Marina dalla Donatella não ofuscou o brilho da festa, cheia de estrangeiros impressionados com a força e a originalidade da obra de Zé Arariba. Ele não foi. As atenções ficaram voltadas para o videomaker Biribó, que ostentava um belo terno Armani. Muita gente pediu para tirar uma selfie com ele. Um pouco antes do fechamento, correu a notícia de que até mesmo Hans-Ulrich Obrist estava presente. Será?

Uma tragédia infelizmente estragou tudo. No dia seguinte, um domingo, a polícia invadiu logo cedo a exposição, atendendo a uma denúncia de tráfico de drogas. A maioria das obras de Arariba ainda estava dormindo. Algumas crianças brincavam em frente a um barraco, enquanto duas mães tinham saído para comprar pão. Normalmente os olheiros de Biribó teriam dado o alarme, mas todo mundo estava meio enfeitiçado pela noite anterior e não havia ninguém cuidando da entrada do morro. De repente deu para ouvir alguns tiros e um Menino Negro de nove anos caiu morto, atingido por uma bala perdida.

8

Em que por necessidade de espaço o resumo se torna um fragmento adicional.

O corpo do Menino Negro assassinado pela polícia não tinha sido sequer recolhido quando os primeiros visitantes chegaram para conhecer Comunidade brava: turismo Brasil. *A notícia espalhou-se imediatamente pelas redes sociais. Um pouco depois dos primeiros tuítes, um carro da TV Globo estacionou em frente ao Museu do Amanhã. Biribó mandara seus homens bloquear as entradas, todos armados com os fuzis AK-47 que estavam em uma das obras. Muita gente fotografou Pê apontando a arma para um grupo de seguranças uniformizados do MAR. Isso de invasão foi para provocar, repete um Biribó descontrolado e perdido. Ele telefona continuamente para Arariba, mas o artista deve estar dormindo. Em meia hora uma multidão se formou. Como aquela região não estava reservada para nenhum evento oficial dos jogos, enviar a Força Nacional, que ocupa a cidade nas Olimpíadas, é temerário: e se tudo não for um pretexto para distrair as autoridades para aquela região da cidade enquanto terroristas agem em outra? No portal da CNN a manchete é clara:* Olympic Games out of control in Brazil.

I

Por volta de meio-dia, depois de ter visto a notícia da invasão e do assassinato na TV, Zé Arariba finalmente atendeu ao telefone: calma, colega, faça os homens voltar para os seus lugares, devolva as armas às obras e deixe a exposição abrir com o corpo da criança baleada no meio da viela mesmo. E se o pessoal quiser fazer um protesto, queimar pneus, quebrar tudo? Aí é com eles: você não é um videomaker? Pegue a sua câmera e filme.

Foi o que Biribó fez. Imediatamente, a polícia invadiu de novo a exposição, pronta para levar as obras para a cadeia. Uma ligação do comando, porém, fez os soldados recuarem. Muitos jornalistas tinham deixado a preparação da abertura dos jogos para trás e transmitiam ao vivo de dentro da exposição *Comunidade brava: turismo Brasil*. Uma labareda começou a queimar a obra *Igreja evangélica com dízimo*, mas os seguranças do museu conseguiram controlar o fogo. A mãe da criança assassinada desmaiou, já perdida no meio da multidão. O corpo do Menino Negro está sendo erguido e levado daqui para ali em procissão. Uma jornalista da TV japonesa com o rosto cheio de lágrimas não esconde mais na tela o que pensa: esse Brasil é triste pra caralho.

II

É hoje a Abertura dos Jogos Olímpicos do Rio de Janeiro. Os principais canais de televisão do mundo só falam da morte do Menino Negro dentro da exposição *Comunidade brava: turismo Brasil*. Na internet, é como se nada mais estivesse acontecendo. A repercussão é a mesma do afogamento do garoto sírio Ailan, hoje esquecido, na Grécia. Muitos analistas parecem ter razão ao comentar o fim precoce das Olimpíadas.

O artista plástico Zé Arariba está desaparecido. No prédio onde vive, o porteiro não sabe dizer para onde ele foi. A discussão sobre seu trabalho atingiu um novo patamar. Alguns analistas afirmam que nunca uma obra de arte teve tanta repercussão. Talvez a Mona Lisa. Quem for ver o trabalho dele encontrará os traficantes bastante nervosos: eles não conseguem ficar longe das armas, o que mudou a exposição. Biribó filma tudo. A direção do Museu do Amanhã está reunida, discutindo entre tanta coisa a possibilidade de ampliar a obra, que abarcaria, depois de um novo esforço de transporte, todo o morro Pavão-Pavãozinho. Não seria uma intromissão no trabalho do artista?, alguém pergunta enquanto outro vê pelo celular que os policiais responsáveis pela invasão que causou a morte do Menino Negro vão responder ao inquérito em liberdade.

III

Zé Arariba está hospedado em outro morro, na casa de um aliado do Biribó. Longe da internet, faz anotações, lê e de vez em quando acompanha algumas das competições pela televisão. Ele e o traficante videomaker se comunicam duas vezes por dia ao menos. Depois de uma semana, um juiz acolheu o pedido da defesa e mandou trancar o inquérito. Como a venda de cocaína está no interior da obra, o juiz considerou que, por coerência, o assassinato do Menino Negro deve fazer parte da exposição também. Não houve crime, portanto.

Assim que a decisão do juiz se tornou pública, um dos advogados do Museu do Amanhã ligou para Arariba, pedindo uma reunião para discutir a reação. O defensor estava perdido. Calmo e lúcido, o nosso artista apenas pediu uma cópia do documento. Não vamos recorrer de nada. Na exposição, ele ficou quase cinco horas reunido com Biribó. Ao sair, mexeu no cabelo e arranjou um espaço para inserir mais uma obra: *Decisão da justiça brasileira*. Um conhecido blogueiro norte-americano conseguiu parar Arariba na rua, querendo saber seus próximos passos. Vou divulgar um calendário de performances que se integrarão a *Comunidade brava: turismo Brasil*, falou contrariado, mostrando o dente preto.

IV

Em um release divulgado em sua página pessoal no Facebook, Zé Arariba anunciou que quatro performances vão se integrar à exposição *Comunidade brava: turismo Brasil*. Como evidentemente as operações policiais devem permanecer secretas, o calendário não será divulgado. Todas ocorrerão até o fim dos Jogos Olímpicos, data em que a exposição será fechada. Pelas contas, teremos uma performance a cada três dias. Arariba não pretende fornecer mais nenhum detalhe, além do título e da ordem das apresentações:

1. *Polícia em ação no morro mata pelas costas um entregador de pizza.*

2. *Carro com cinco jovens é fuzilado pela polícia.*

3. *Pedreiro Amarildo é preso, torturado e desaparece no interior de uma Unidade de Polícia Pacificadora.*

4. Performance surpresa.

V

Desde o anúncio das performances, uma multidão se mudou para *Comunidade brava: turismo Brasil*. Muita gente está passando a noite do lado de fora, com medo de perder alguma coisa. A TV Globo ofereceu uma fortuna para transmiti-las ao vivo, mas Arariba não quis nem saber a quantia. A negociação é com o traficante videomaker. Ficou combinado que Biribó filmaria as execuções e editaria o vídeo. Preocupada com a audiência, a organização dos jogos fez um pedido formal ao nosso artista: por favor, não represente a última performance durante a maratona e muito menos na hora da cerimônia de encerramento.

O enterro do entregador de pizza, depois da primeira performance, foi cercado de comoção. Biribó não quis filmá-lo: vigilante, recusa-se a sair da área da exposição. Seu vídeo foi exibido em horário nobre, logo após o *Jornal Nacional*. Conforme o contrato, ele subiu uma versão um pouco mais longa no YouTube. A essa altura é impossível avaliar a repercussão do trabalho de Zé Arariba. Enfim, após as quatro performances ele se tornou o artista plástico mais caro do mundo. Quanto à crítica, apesar de alguns estudiosos afirmarem haver certo panfletarismo no trabalho dele, Arariba é hoje uma unanimidade. O Instituto Inhotim acaba de fazer uma oferta para transferir o Pavão-Pavãozinho para o parque.

VI

Quando o Museu do Amanhã fechou as portas da exposição *Comunidade brava: turismo Brasil*, as obras se alarmaram. Agora a gente volta para o morro? Arariba e Biribó explicaram que não. Como todo o trabalho tinha sido vendido para o Instituto Inhotim, daqui vai todo mundo direto para lá. Antes que as pessoas perguntassem, nosso artista logo esclareceu que as novas condições seriam ainda melhores do que no Rio de Janeiro. Vocês receberão um salário mensal, além de alimentação e seguro-saúde. Ao contrário do que aconteceu até agora, poderão sair à noite, desde que obviamente respeitem os horários da exposição. Sim, ele respondeu a um dos traficantes, todos continuarão morando no morro, mas nesse caso em Minas Gerais.

A notícia se espalhou rápido. Os moradores do Pavão-Pavãozinho que não tinham se juntado à exposição reivindicaram o direito de se mudar junto com o resto da comunidade. Arariba esclareceu que as performances com a polícia continuariam, o que não incomodou as obras e muito menos a direção de Inhotim. Já nos acostumamos. Biribó se comprometeu a cuidar da logística de tudo, consciente de que com isso continuaria fazendo bastante sucesso no YouTube.

VII

Depois de uma semana de reunião, a direção do Instituto Inhotim, o artista plástico Zé Arariba e o traficante videomaker Biribó resolveram que é realmente mais adequado refazer o morro no parque de Minas Gerais. Transportar os barracos originais, as vielas, os depósitos, as lajes desocupadas, os postes, fios de luz, móveis e todo o resto seria caro e demorado. Ficou decidido que as obras trariam seus objetos pessoais e apenas o que lhes fosse de grande estima. O resto seria refeito através das anotações do próprio Arariba e do testemunho dos moradores. Ora, estamos ou não falando de arte?, enfatizou o curador do parque na entrevista coletiva em que anunciou à imprensa os planos.

Da exposição original, além do pessoal todo, virão apenas as armas, as drogas, as larvas do mosquito *Aedes aegypti* e a obra que mais parecia encantar os visitantes: *Vista maravilhosa do Rio de Janeiro*. Um jornalista quis saber de Biribó qual seria a função dele no transporte. Vou continuar filmando.

VIII

A decisão é clara: vão para Inhotim apenas os moradores do Pavão-Pavãozinho. Três famílias tentaram levar parentes de outros morros, mas os homens do Biribó descobriram e colocaram os invasores para fora. Eles não precisam perder a esperança. As performances com a polícia militar carioca vão continuar. Conforme as execuções forem acontecendo, novas pessoas podem se juntar à obra. Biribó está fazendo uma lista de espera.

Para evitar conflito, a polícia ficará separada e as equipes serão rotativas. A cada execução, um grupo novo de policiais será levado do Rio de Janeiro. Inhotim pagará as despesas de transporte e hospedagem. Possíveis custos com advogados, no entanto, terão que ser cobertos pelos próprios performers ou por algum tipo de associação. Ninguém acredita que haverá problemas para os policiais: até o momento quase quinhentos já preencheram o formulário para participar. A performance mais procurada é *Pedreiro Amarildo é preso, torturado e desaparece no interior de uma Unidade de Polícia Pacificadora*, que deverá ocorrer toda última terça-feira de cada mês. É provável que o grande interesse se deva à repercussão, como aliás tudo que diz respeito ao trabalho de Zé Arariba. Há de fato aqui uma ambiguidade: arte ou espetáculo?

IX

O transporte de *Comunidade brava: turismo Brasil* formou uma fila imensa de ônibus na rodovia que liga os estados do Rio de Janeiro e Minas Gerais. A televisão acompanhou tudo de cima, imagem que aliás foi aproveitada por mais um vídeo do Biribó. É com alegria que no primeiro ônibus do cortejo ele conta para o Pê que uma produtora europeia de cinema e vídeo o procurou interessada em levar suas filmagens para o cinema. Isso de internet é muito bom, entusiasmou-se, mas uma hora temos que dar um salto.

A montagem do morro foi mais tranquila. Arariba tinha deixado à disposição uma série de materiais, já com as instruções do lugar de tudo. Não era preciso. Com a experiência, os moradores sabiam perfeitamente erguer os barracos, lembravam-se dos lugares onde deveriam ficar a vendinha, a boca de fumo, a igreja evangélica e a biblioteca comunitária. De qualquer forma, não é preciso deixar tudo igual. A arte contemporânea tomou para si, com grande criatividade, o aspecto efêmero das coisas humanas. Haverá alguma pulsão de morte na obra de Zé Arariba?, um crítico se pergunta em um longo artigo de jornal. Esse, por razões que não vêm ao caso, nosso artista leu e ficou abalado. Afinal de contas, estou sempre despedaçando alguma coisa. Às vezes fico pensando se vale mesmo a pena.

X

Entre a montagem e a abertura da exposição o parque não quis perder muito tempo. O público do vernissage não surpreendeu: uma boa quantidade de estrangeiros, críticos de arte, a imprensa do Brasil todo e muitos jovens. Mesmo a população pobre das cidades próximas compareceu. Repare que são os mais atentos. A obra *Boca de fumo* encantou muita gente. O pessoal que gosta de discutir passa um bom tempo conversando sobre *Essa criança vai fazer faculdade*. Inclusive, uma turma de arquitetura da USP gostaria de pedir para o artista o projeto daquela obra específica. Zé Arariba não veio à abertura, lamentou a direção do parque. Ele não viaja de avião e acha as estradas brasileiras muito perigosas. Mas temos no nosso arquivo tudo o que se refere à exposição *Comunidade brava: turismo Brasil*. Ao ouvir a resposta, Silas Martí, da *Folha de S.Paulo*, quis saber se a direção conhece os próximos passos do artista. Ele é muito fechado, mas conversa bastante com o traficante e videomaker, para quem então o repórter pediu uma entrevista exclusiva. Martí não conseguiu muita coisa. Biribó não sabia se Arariba estava produzindo, não tinha nenhuma ideia do futuro, mas fez questão de repetir várias vezes a frase que abrirá a matéria: Isso de arte mudou a minha vida.

9

Em que retorno.

Serão descritos os problemas de aclimatação dos moradores do morro Pavão-Pavãozinho no Parque do Inhotim. Antes disso, o texto terá que lidar com a cidade-fantasma que sobrou no lugar da comunidade. Depois, uma surpresa mudará o destino da exposição. A narrativa vai chegando ao fim, o que talvez seja o real motivo da melancolia do nosso herói, discutida porém apenas no capítulo seguinte.

I

Não demorou para que todos percebessem a importância do Pavão-Pavãozinho para a beleza do Rio de Janeiro. Aquele vazio enorme, cravado no meio de Copacabana, a princesinha do mar, estraga a harmonia arquitetônica e humana da cidade e oferece alguns riscos. Não que moradores sem teto possam invadir os barracos que foram deixados para trás: o Rio de Janeiro não tem problema de moradia porque todo mundo acha um canto em alguma favela. Se você notar alguém dormindo na praia, é porque o infeliz mora longe e não quer perder a hora amanhã. A problemática dos menores de rua é diferente, como sabemos.

O temor é que o espaço comece a ser frequentado por gente com intenções menos nobres. Traficantes podem usar o local como depósito de armas, drogas ou cemitério clandestino. Uma seita estranhíssima foi filmada entrando na comunidade vazia para um ritual. No início, os comentários no YouTube insinuavam que só podia ser outra ideia do Zé Arariba. Não é o caso. Por tudo isso, uma empresa de engenharia fez um pedido na prefeitura, logo concedido, e mandou cercar o Pavão-Pavãozinho com tapumes, todos lindamente decorados com imagens do Cristo Redentor, ao mesmo tempo que colocou um grupo de seguranças no morro.

II

Com a legenda "A cara do Rio de Janeiro", um grupo de ativistas circulou uma foto do Pavão-Pavãozinho cercado. Para não parecer que promoviam protestos só na internet, marcaram um debate na frente da rampa que dá acesso ao morro. Apareceu mais gente que o esperado. Vários ali não têm interesse por política, mas vai que Zé Arariba aparece e lidere um gingado mágico até a Praia de Copacabana, a princesinha do mar?

O debate foi bom. Os ativistas denunciaram a fúria da especulação imobiliária, lembrando o envolvimento das empreiteiras em grandes casos de corrupção, e propuseram que o espaço fosse ocupado por um centro de memória. Inesperadamente, uma polêmica se instalou na assembleia: o que merece ser lembrado ali? Afinal de contas, favela é uma coisa que não deveria existir... Por favor, é comunidade, um rapaz interrompeu. Não vamos confundir as coisas, uma garota inflamada ergueu-se, lembrando a precariedade dos espaços culturais no Rio de Janeiro. Se a comunidade virar um local onde as pessoas possam fazer cursos, ver um concerto, quem sabe se reunir para discutir a própria cidade, teremos feito uma revolução. Pela quantidade de aplausos, essa é a proposta vencedora. O grupo prometeu então convocar uma nova manifestação através de sua página no Facebook.

III

A segunda manifestação foi maior ainda. Além dos ativistas, grupos de grafiteiros se reuniram para pintar a cerca, enquanto um professor de arquitetura dava uma aula ao ar livre sobre as possibilidades contemporâneas da construção inclusiva. Algumas bailarinas apresentaram pela primeira vez um espetáculo na rua mesmo, inspirado no famoso bailado de Zé Arariba. A página do evento no Facebook o convidou para o protesto, mas ele não apareceu.

Os seguranças da empreiteira apenas observavam a manifestação de longe. A polícia militar foi chamada, mas, do mesmo jeito, ficou só de prontidão. Em algum momento um estrondo amassou parte da cerca. Ninguém se machucou, mas a manifestação se tornou tensa. No microfone, um ativista gritou que iria acontecer o mesmo que nas Olimpíadas. Foi a senha. A tropa de choque resolveu dispersar todo mundo com jatos de água e bombas de gás lacrimogêneo. Um grupo mais resistente invadiu a comunidade, o que fez os seguranças da construtora agir. Apesar da confusão, os objetivos da manifestação foram alcançados: agora muita gente quer saber o que vai ser feito com os barracos, vielas e o que sobrou do Pavão-Pavãozinho depois da transferência para Inhotim.

IV

A empreiteira da família do secretário de Turismo conseguiu a concessão da área do morro e resolveu convidar Zé Arariba para participar do projeto de construção de um complexo residencial humanizado, o *Rio de Janeiro for all people*. O condomínio contará com um minijardim botânico, shopping center, área de convívio e lazer, academia e um grande teatro para atividades culturais, ocasião em que mesmo quem não mora lá poderá aproveitar o espaço. A área também deve abrigar o "Museu da consciência ecológica", projeto do arquiteto Santiago Calatrava, o mesmo que fez a grande maravilha que é o Museu do Amanhã.

O empresário do Zé Arariba não conseguiu contatá-lo, mas, como tem noção do artista que representa, recusou por conta própria o convite. A empreiteira dobrou a oferta. Mesmo assim, agora mais combalido, ele não aceitou. No dia seguinte, os jornais deram destaque ao projeto, inclusive com análises mostrando como não havia razão para os ativistas protestarem. Segundo as notícias, Arariba ainda não sabe se vai participar. Apesar de tudo, uma nova manifestação foi convocada e agora reuniu três vezes mais gente que a anterior. Preocupado com o desgaste, o prefeito do Rio de Janeiro prometeu rever a concessão.

V

Um pouco depois da meia-noite, um homem esgueirou-se pelos barracos desertos do Pavão-Pavãozinho. No começo, parecia preocupado em não ser visto. Logo lembrou que o lugar não está habitado há algumas semanas. Em um emaranhado de construções de madeira, fios e móveis velhos, abriu uma caixa e retirou com cuidado um gato de dentro. Encharcou-o de gasolina, riscou um isqueiro e colocou fogo no animal. Ele se debateu entre o entulho e acabou causando um dos maiores incêndios da história da cidade.

Em cinco minutos, uma equipe da TV Globo chegou. As chamas, àquela hora da noite, podiam ser vistas da praia. Um capitão do Corpo de Bombeiros explicou que, com aquele tipo de material queimando, é muito difícil controlar o fogo. Muita gente correu à sacada para ver a labareda gigantesca iluminar a noite carioca. Quem ainda está nas calçadas enxerga entre os prédios uma luz trêmula se confundindo com o horizonte. Por causa da hora, a fumaça quase não é visível, embora deixe a noite mais cinzenta. Arariba está hospedado no último andar de um hotel ali em Copacabana mesmo. Na janela envidraçada, vê as lascas de fogo e, descontrolado, chora sentindo-se culpado, impotente e muito sozinho.

VI

No espaço do Pavão-Pavãozinho sobrou apenas um amontoado impressionante e malcheiroso de cinzas. Queimou tudo. Segundo o Corpo de Bombeiros, não há notícia de vítimas. No Twitter estão dizendo que o autor do incêndio é o artista plástico Zé Arariba. Afinal de contas, havia uma beleza inusitada e muito particular naquele fogo todo.

De jeito nenhum! Zé Arariba, inclusive, tem uma ligação muito forte com o lugar. Ele passou a noite inteira remoendo os últimos trabalhos, tentando entender aonde a arte o havia levado e buscando um sentido para a história toda. Não havia, e então ele criaria um. Pela manhã, escreveu um e-mail para o empresário, explicando que se isolara em um hotel para pensar no futuro do seu trabalho. Ainda não tenho algo mais concreto, mas peço que o senhor prepare uma nota lamentando o que aconteceu. Uma parte de mim se foi com aquele fogo e por isso vou novamente mudar meu nome. Daqui em diante assino apenas *Arara*. O nome é muito brasileiro, um crítico opinou nos jornais. O enviado especial a Inhotim tentou saber a opinião dos antigos moradores do morro, e voltou sem nada. Alguns realmente tinham ficado chateados com as imagens. A vida, porém, é em Minas Gerais agora. E eles já estão enfrentando muitos problemas para dar atenção a uma comunidade pegando fogo.

VII

A Associação dos Funcionários do Parque do Inhotim está ameaçando entrar em greve. Se a reunião marcada para amanhã não der resultado, é provável que já na semana que vem todos estejam parados. A razão é uma só: a obra *Comunidade brava: turismo Brasil*. Um funcionário descobriu o salário dos moradores do morro e se revoltou. Tudo isso só para ficar ali fingindo que são uma favela? Sim, pois eles moram melhor do que muita gente que eu conheço. Esse, aliás, é o segundo problema que o trabalho de Zé Arariba está causando para o parque. Alguns moradores das cidades da região, todas muito pobres, querem também se integrar à obra, ainda mais depois que descobriram que há um salário. O diretor do parque explicou para um grupo que não havia razão estética para isso. Ninguém se convenceu. Razão estética no olho do outro é refresco. Alguns chegaram a invadir o morro, mas terminaram expulsos pela segurança. Como se não fosse suficiente, os traficantes da região estão começando a notar uma queda nas vendas e desconfiam que a culpa seja da exposição, já que muitos clientes antigos, sobretudo os das classes mais altas, têm preferido consumir no Inhotim. Talvez se sintam mais seguros lá. Nesse momento, o parque criou um gabinete de crise.

VIII

Arara seria convidado para o grupo que irá discutir a situação de *Comunidade brava: turismo Brasil*, mas não foi localizado. Segundo o empresário, ele está concentrado em uma nova obra. Vários jornalistas o procuraram para falar sobre esses novos acontecimentos, mas ele não respondeu. No Twitter, uma das discussões mais interessantes é se a gente pode ou não considerar os eventos recentes como parte da obra.

O parque tentou convidar Biribó para um diálogo, mas ele não se mostrou muito aberto. Apenas fez questão de mandar um recado para os traficantes da região: isso de guerra é com a gente e agora vai até para o cinema. As três covinhas estavam bem visíveis, o que é um perigo. Quando o filminho que ele fez com essa frase apareceu no YouTube, a direção do parque resolveu que precisava agir rápido. Como sempre, a sorte parece estar ao lado do artista plástico Arara, mesmo ausente do processo. A Bienal de Veneza insistiu para ter algo dele ainda na edição que abre em três meses. É um artista fundamental para o debate contemporâneo. O empresário evidentemente não quis mandar os velhos quadros e propôs que o morro Pavão-Pavãozinho fosse transportado para a Itália, o que foi imediatamente aceito.

IX

Isolado no quarto de um hotel, sem internet e com a televisão desligada o tempo inteiro, Arara não opinou sobre a transferência de *Comunidade brava: turismo Brasil*. Não havia muito o que resolver: a direção da Bienal e a de Inhotim estavam de acordo quanto à ideia de montar algo mais italiano, transportando assim apenas os favelados, seus objetos pessoais e alguns detalhes decisivos da obra, como as larvas do mosquito *Aedes aegypti* e a *Vista maravilhosa do Rio de Janeiro*. A polêmica agora ficou por conta da Polícia Militar, que, antes mesmo de ser informada de qualquer coisa, começou a fazer uma lista de quem viajaria para Veneza para as performances. Quando a corporação soube que o abuso policial teria que ser substituído pelo similar italiano, houve desde ameaça de greve até uma invasão desastrosa à obra. Pê denunciou inclusive que a PM tentou extorquir dinheiro da venda de drogas, o que só não aconteceu de fato porque a direção do parque interveio. Um crítico perguntou se levar os favelados brasileiros para Veneza para representar uma situação italiana não tornaria a obra artificial demais. De forma alguma. A arte tem esse poder de fazer o universal se particularizar. O contrário também é válido. Exato.

X

Como todo mundo já imagina, o sucesso de *Comunidade brava: turismo Brasil* na Bienal de Veneza foi gigantesco. Nos horários de maior movimento, a fila chegava a oito horas de espera. No último mês, o trabalho do artista plástico brasileiro Arara ficou aberto vinte e quatro horas por dia. Não é preciso dizer que ele ganhou o Leão de Ouro e que não apareceu na cerimônia de entrega. Nem para mexer no cabelo. Tudo aqui está no campo do óbvio: teve confusão. Poucos dias depois da abertura, um boato muito desagradável irritou os curadores da Bienal, embora o constrangimento os tenha impedido de desmenti-lo. A crítica à obra foi muito positiva, mas alguns fóruns na internet garantiam que os traficantes tinham trazido para a exposição drogas de baixa qualidade. Eles não iriam aproveitar a realidade italiana?, perguntava alguém no site do *Corriere della Sera*. Como Biribó não permitiu que traficantes europeus se integrassem à obra, foi preciso uma solução intermediária. A performance em que a polícia italiana espancaria um favelado (no caso substituindo *Pedreiro Amarildo é preso, torturado e desaparece no interior de uma Unidade de Polícia Pacificadora*) acabou trocada por outra em que uma viatura dos *carabinieri* trazia escondido um grande lote da melhor cocaína europeia.

10

Se A vista particular *fosse um romance do século XIX, terminaria narrando o destino de todas as personagens principais, depois evidentemente de ressaltar suas contradições. Não é o caso.*

I

Com a notícia de que faltava pouco mais de uma semana para o fim da Bienal de Veneza, a obra *Comunidade brava: turismo Brasil* se revoltou. Vamos voltar para Minas Gerais? Alguns moradores tinham ficado intimidados com o país estrangeiro, a língua desconhecida e o frio todo. Mas o retorno é a pior hipótese para eles. Basta ver que agora as performances com a polícia, por exemplo, já não matam ninguém. Um morador é espancado, outro desaparece por um tempo, e no final das contas todo mundo volta. A relação com os traficantes europeus também é outra. O fato de ser a polícia o principal fornecedor da exposição deixou tudo mais tranquilo. Houve um questionamento de uma juíza italiana sobre a educação das crianças, mas o final é sempre o mesmo: a justiça não pode intervir na arte. Biribó também quer terminar seu filme na Europa. Por tudo isso ele comunicou à direção da Bienal de Veneza que a obra não voltaria ao Brasil. O assunto caiu como uma bomba na imprensa italiana. O que pretendem, pergunta um jornalista da RAI, pedir asilo? Não tem cabimento, outro responde em um talk show, a gente nem sequer sabe o estatuto jurídico deles. São uma obra de arte, um terceiro argumenta. Seja lá o que forem, um telespectador manda um comentário pelo WhatsApp do programa, estão armados.

II

De fato, Biribó deixou claro que a obra resistiria da forma que fosse necessária. Não voltaremos ao Brasil em hipótese nenhuma, explicou para o cônsul. Para ganhar tempo, a direção da Bienal anunciou que a exposição seria prorrogada por um mês. Sem demora, Inhotim declarou que a responsabilidade pelo transporte é de quem tomou o trabalho emprestado. Não interessa isso de responsabilidade, Biribó respondeu nervoso para a jornalista Ilze Scamparini da TV Globo, não voltaremos ao Brasil. Quando o governo italiano ameaçou invadir a Bienal para ao menos desarmar a obra, o prefeito de Copenhague se ofereceu para montar *Comunidade brava: turismo Brasil* por três meses em um parque recém-aberto na cidade. Os outros moradores gostaram da ideia, e então Biribó comunicou que o morro poderia ser transportado para a Dinamarca. Aliás, o problema estava resolvido por ao menos um semestre, já que a Tate Modern, em Londres, convidou a obra brasileira para uma mostra assim que acabasse a exposição em Copenhague. Biribó aceitou também. Mais uma vez a obra de Arara causa uma polêmica inesperada: um grupo de refugiados sírios soube do tratamento que os brasileiros estão recebendo e invadiu a Basílica de São Marcos, também em Veneza, exigindo que a Dinamarca lhes desse asilo.

III

Rápidos, os refugiados marcaram uma performance para o dia seguinte. Segundo o porta-voz do grupo, vão representar o Estado Islâmico na Síria. A entrada é gratuita, e, além de críticos e jornalistas, políticos estão convidados. Na hora marcada, porém, apenas alguns jornalistas ocuparam o espaço reservado para o público no interior da basílica. Um representante do papa Francisco I tentou negociar, mas eles não aceitaram conversar antes de mostrar como agem os radicais que os expulsaram de casa. Nesse caso, ninguém vai precisar enviar vídeos de decapitações ou de edifícios sendo destruídos. A CNN, com uma câmera dentro da igreja, transmitiu ao vivo o momento em que os refugiados fizeram uma estátua do século XVI em pedaços. Um cardeal tentou interceder e acabou ferido pelo braço do santo, que voou três metros depois de uma martelada certeira. O grupo notou que entre os jornalistas havia um bastante efeminado e o sequestrou. Uma repórter começou a gritar, querendo saber se os colegas não reagiriam. Todo mundo parece anestesiado dentro da igreja. Assim que a imagem do rapaz sequestrado apareceu na TV, com um homem encapuzado por trás garantindo que o decapitaria, o primeiro-ministro italiano ordenou a invasão da Basílica de São Marcos.

IV

A operação da polícia italiana foi um sucesso: seis refugiados morreram, e os jornalistas saíram com apenas alguns ferimentos. A igreja, porém, ficou semidestruída por causa dos tiros. Segundo o papa Francisco I, perdemos um acervo de valor histórico incalculável, o que deu motivo para uma pergunta: será que os refugiados não eram mesmo do Estado Islâmico? Depois de algumas investigações, ficou concluído que não. Trata-se de fato de um grupo que pretendia obter asilo na Dinamarca a partir do reconhecimento de suas habilidades estéticas.

Os refugiados que sobreviveram à invasão da polícia foram presos. Durante os interrogatórios, alegaram que pretendiam fazer uma obra baseada em *Comunidade brava: turismo Brasil*. Nenhum deles tinha ido à Bienal de Veneza e todos confessaram que não sabem o que é uma performance. A crítica foi unânime em condenar a invasão da igreja e afirmou que aquele tipo de coisa não se trata de arte. Mas por que o trabalho de Arara é arte e o deles não? É que os refugiados fizeram apenas um pastiche. Para se prevenir, a justiça italiana convocou para depor dois professores da Universidade La Sapienza, que confirmaram não haver perspectiva estética alguma na invasão da Basílica em Veneza.

V

Depois de tanta confusão, vale lembrar que *A vista particular* é um romance com enredo e personagens bem definidos, ainda que não estejamos mais no século XIX. É preciso dar um fim às subtramas antes de concluir a narrativa principal.

Marina dalla Donatella continuará até o fim da vida administrando sua galeria e, sem fazer um herdeiro, acabará um tipo folclórico. Sim, foi ela mesma que desistiu de representar, por vontade própria, o principal artista plástico do mundo contemporâneo. Ao longo dos anos, Marina tentará mil explicações, mas não vai convencer ninguém. Arara não voltará a falar com ela, o que não significa nada: ele está se comunicando cada vez menos.

Os refugiados que sobreviveram à invasão da Basílica ficarão algum tempo presos na Itália antes da extradição. Como o retorno ao seu país está muito difícil, acabarão deixados na Turquia. Apenas um conseguirá reencontrar a família e morar em Berlim. Dos outros, ninguém terá mais notícias.

VI

Além de não ser um romance do século XIX (insisto), *A vista particular* também não quer explicar o Brasil. Mesmo assim tudo vai ficar bem amarradinho. Biribó terminará no Festival de Cannes, mas não será premiado, sob alegação de que seu filme, apesar de brilhante, não conseguiu estabelecer bem as fronteiras entre os gêneros do cinema. Pode ser um documentário, o pessoal do júri vai alegar perante o clamor da audiência, e ainda assim estará inacabado. Se for ficção, é a mesma coisa. O cineasta-traficante será assassinado por uma gangue em Barcelona, onde a mostra *Comunidade brava: turismo Brasil* estará sendo exibida. Um necrológio vai estampar uma frase triste: por mais que tente, a arte não muda ninguém. No Facebook, muita gente deve discordar, denunciando certo preconceito na afirmação. A legendária exposição do artista plástico brasileiro Arara acabará se diluindo. Depois de três anos rodando a Europa, alguns moradores sentirão falta do Brasil e vão retornar. Teremos alguns casamentos no Velho Mundo também. A verdade é que a morte de Biribó deixará muita gente órfã. Do Pê, ninguém mais vai ouvir falar. Sei lá. De qualquer forma, a exposição servirá por fim como um exemplo perfeito do caráter transitório da arte contemporânea.

VII

Com grande alarde, o empresário do artista plástico brasileiro Arara convocou uma entrevista coletiva para finalmente apresentar sua próxima exposição. Quando a imprensa lotou o salão principal do Copacabana Palace, encontrou apenas um telão com o perfil dele no Twitter e a primeira mensagem projetada em uma tela enorme:

Partiu Brasil abre no Guggenheim de NY em um mês.

Para fazer perguntas, os jornalistas precisaram então acessar o Twitter, o que irritou especialmente o pessoal da televisão. Arara respondia com velocidade:

Só por aqui mesmo. Não posso adiantar mais nada. + info c/ empresário em dez dias.

Consternado sobre o incêndio. Não tenho motivos para pedir desculpas.

Sinto a morte do Biribó. Nada mais a declarar.

Não me importo em ser ou não ser engajado. Não penso nisso.

VIII

Não me importo em representar ou não representar o Brasil. Não penso nisso.

Não me sinto bem falando do que vocês chamam de dança. Eu não danço.

Não sei se minha obra é brusca ou se não é brusca. Não penso nisso.

Não me considero radical e não me considero não radical. Não penso nisso.

Não, esses tuítes não são críticas a nada. São uma entrevista coletiva.

Porque desse jeito o coletivo pode ver.

Não me considero escorregadio ou seco. Não penso nisso.

Também não penso nisso.

Não me considero arrogante e não me considero não arrogante. Não penso nisso. Obrigado a todos.

IX

Não é preciso dizer que a entrevista coletiva do nosso herói esteve entre os *trend topics* do Twitter. Ele continuou por mais alguns dias enviando mensagens até, de repente, desaparecer. O sumiço não se deu por nenhum motivo especial. Arara precisava simplesmente acertar os últimos detalhes da exposição em Nova York. Quando ficou público que apenas vinte brasileiros estariam presentes, uma manifestação chegou a se formar em frente ao prédio onde ele mora, em Copacabana. O zelador explicou que o artista não aparece por lá há meses. Não vem nem pegar roupa.
    Foram cadastrados cinco jornalistas brasileiros, dez pessoas ligadas às artes plásticas e outras cinco que pediram para o nome não ser divulgado. Os ânimos se acalmaram quando a galeria divulgou que tudo será transmitido ao vivo pelo YouTube. O próprio release já esclarece: o canal não é o do Biribó, que Deus o tenha. Vamos abrir outro especialmente para a apresentação no Guggenheim. O nome vai ser *Partiu Brasil* mesmo. O empresário não divulgou quem são os outros convidados, mas não há mistério nisso. Os representantes de Arara em cada região do mundo receberam seus convites. Os Estados Unidos têm um número maior de lugares, mas apenas por abrigar *Partiu Brasil*.

X

De fato, veio gente do mundo inteiro. Agora há pouco um coquetel simples mas saboroso e elegante foi servido. Depois, fomos convidados a ocupar os saguões de cada um dos andares e alguns outros pontos estratégicos do museu. Por aqui, Arara não circulou, mas há boatos de que ele está no prédio. Parece que veio do Brasil em um transatlântico fretado, já que não usa avião de forma alguma. Ao menos é o que o jornalista do *New York Times* apurou.

São oito horas da noite. No último andar, uma porta se abre. A toda velocidade, uma viatura da polícia militar do Rio de Janeiro desce a rampa do museu, arrastando do lado de fora uma mulher pendurada pela própria roupa. Cláudia não chegará viva à calçada.

ESTA OBRA FOI COMPOSTA PELA ABREU'S SYSTEM EM ADOBE GARAMOND
E IMPRESSA EM OFSETE PELA LIS GRÁFICA SOBRE PAPEL PÓLEN BOLD DA SUZANO
PAPEL E CELULOSE PARA A EDITORA SCHWARCZ EM OUTUBRO DE 2016

A marca FSC® é a garantia de que a madeira utilizada na fabricação do papel deste livro provém de florestas que foram gerenciadas de maneira ambientalmente correta, socialmente justa e economicamente viável, além de outras fontes de origem controlada.